PRINCIPES ET EXERCICES

ÉLÉMENTAIRES

DE

VERSIFICATION FRANÇAISE

A L'USAGE DES MAISONS D'ÉDUCATION

PAR

THre LEPETIT
Professeur à Paris

L'instruction et l'éducation ne doivent jamais être séparées.

PARIS
LAROUSSE ET BOYER, LIBRAIRES-ÉDITEURS
49, RUE SAINT-ANDRÉ-DES-ARTS, 49

— Prix 75c —

PRINCIPES ET EXERCICES ÉLÉMENTAIRES

DE

VERSIFICATION FRANÇAISE

OUVRAGES DE M. TH. LEPETIT

GRAMMAIRE.

PETIT LHOMOND DES ÉCOLES (LE), ou Principes élémentaires de Grammaire française. Cartonné, 50 c.

Cette *Grammaire*, rédigée sur le plan de celle de *Lhomond*, enseigne, en un petit nombre de pages, l'*art de parler et d'écrire correctement en français*. Des définitions d'une clarté et d'une précision remarquables, des exemples bien choisis, une théorie nouvelle pour la *conjugaison des verbes* et l'*emploi des temps du subjonctif*, l'orthographe des *participes* ramenée à une *règle unique*, etc., impriment un cachet tout particulier à ce petit ouvrage, fruit d'une longue expérience dans l'enseignement.

COURS GRADUÉ DE DICTÉES FRANÇAISES

En texte suivi, sur un plan entièrement neuf :

DICTÉES ORTHOGRAPHIQUES :

COURS DE 1re ANNÉE, partie de l'Élève, 75 c.
— partie du Maître, 1 fr.

COURS DE 2e ANNÉE, partie de l'Élève, 1 fr. 10.
— partie du Maître, 1 fr. 50.

COURS DE 3e ANNÉE, DICTÉES SUPÉRIEURES, suivies d'un Vocabulaire raisonné. 1 volume, à l'usage du Maître, 2 fr.

DICTÉES ORTHOLOGIQUES,

En texte suivi, avec Corrigé raisonné à la suite de chaque Dictée. 1 volume à l'usage du Maître, 2 fr.

DICTÉES HOMONYMIQUES ET PARONYMIQUES

(en préparation).

DICTÉES SUR LES PARTICIPES

(en préparation).

COURS GRADUÉ D'EXERCICES DE STYLE :

PRINCIPES ET EXERCICES ÉLÉMENTAIRES DE COMPOSITION FRANÇAISE, comprenant : 1° des Préceptes pour chaque genre ; 2° des Modèles de composition littéraire ; 3° de nombreux Exercices d'imitation. 1 volume à l'usage des Élèves. Cartonné, 75 c.

PREMIERS EXERCICES DE STYLE ÉPISTOLAIRE, 1 fr. 10.

EXERCICES DE STYLE, précédés de notions élémentaires sur la composition littéraire, à l'usage des Pensions des deux sexes :

Cours de 1re année, 1 fr. 50.
Cours de 2e année, 1 fr. 50.

Paris. — Imprimerie de Édouard BLOT, rue Saint-Louis, 46.

PRINCIPES ET EXERCICES ÉLÉMENTAIRES DE VERSIFICATION FRANÇAISE

A L'USAGE DES MAISONS D'ÉDUCATION

PAR

TH^re LEPETIT
Professeur à Paris

L'instruction et l'éducation ne doivent jamais être séparées.

PARIS
LAROUSSE ET BOYER, LIBRAIRES-ÉDITEURS
49, RUE SAINT-ANDRÉ-DES-ARTS, 49

1862

Chaque exemplaire est revêtu de la signature des Éditeurs.

Larousse & Boyer

(C.)

PRÉFACE

Boileau a dit avec raison :

> C'est en vain qu'au Parnasse un téméraire auteur
> Pense de l'art des vers atteindre la hauteur :
> S'il ne sent point du ciel l'influence secrète,
> Si son astre en naissant ne l'a formé poëte,
> Dans son génie étroit il est toujours captif;
> Pour lui Phébus est sourd, et Pégase est rétif.

Aussi n'avons-nous, en publiant ce petit Traité, ni la prétention ni le désir de faire des poëtes ; notre intention est seulement de faire connaître aux élèves de nos écoles le mécanisme de la versification française, et de leur procurer le charme d'une lecture intelligente de nos gloires littéraires. N'est-ce pas aussi leur rendre service que de les mettre à même de composer, au besoin, quelques vers à l'occasion d'un baptême, d'un anniversaire, d'une première communion, d'une distribution de prix? Et puis, ce sont là de petites pièces qu'on peut demander à l'instituteur lui-même, et il serait fâcheux de répondre à cette demande par un refus ou par une pièce *sans rime ni raison.*

On ne saurait croire d'ailleurs le plaisir que goûtent les élèves à reconstruire un vers, à trouver une rime, un synonyme, une épithète ou une périphrase, en même temps que leur oreille s'habitue à la cadence, à l'élégance et à l'harmonie.

Ce petit ouvrage a été composé pour nos élèves et mûri par une longue expérience ; fidèle à notre épigraphe, nous n'y avons fait entrer que des morceaux propres à développer l'esprit et à former le cœur.

Si nous n'avons pas réussi, au moins nous saura-t-on gré de notre bonne volonté.

Th^re LEPETIT.

juin 1862.

VERSIFICATION FRANÇAISE

DÉFINITIONS PRÉLIMINAIRES.

La *versification française* est l'art de faire des vers français.

Elle ne fait pas les poëtes, elle enseigne seulement le mécanisme du vers.

Un *vers* est un assemblage de mots arrangés suivant des règles fixes et déterminées.

Le vers français est établi sur le nombre des syllabes, et s'appelle, pour cette raison, *vers syllabique*.

Scander un vers, c'est le subdiviser successivement en toutes les syllabes dont il est composé.

Il y a six choses à observer dans le vers français : la *nature des syllabes*, la *mesure*, l'*élision*, la *césure*, la *rime* et la *disposition*.

I. — DE LA NATURE DES SYLLABES.

Les syllabes sont *muettes* ou *sonores*.

La *syllabe muette* est celle qui, à la fin d'un mot, se termine par un *e* muet seul : *rose*, *couronne;* ou suivi de *s*, *nt* : *voûtes*, *tristes*, tu *aimes*, ils *chantent*.

La *syllabe sonore* est toute syllabe qui n'est pas muette : *bonté*, *couleurs*, *signaler*.

Une syllabe muette, à la fin du vers, ne compte jamais dans le nombre des syllabes.

II. — DE LA MESURE.

La *mesure* est le nombre de syllabes dont un vers se compose.

On compte généralement dix espèces de vers : les vers de *douze*, de *dix*, de *huit*, de *sept*, de *six*, de *cinq*, de *quatre*, de *trois*, de *deux* syllabes, enfin les vers de *une* syllabe.

Il n'y a pas de vers de *neuf* ni de *onze* syllabes; il n'y en a pas non plus au-dessus de douze syllabes.

Le vers de *douze* syllabes s'appelle encore *grand vers*, *vers héroïque* ou *vers alexandrin*. Il doit ce dernier nom au succès du poëme d'Alexandre, composé en vers de douze syllabes, à la fin du douzième siècle, par *Lambert li Tors* et *Alexandre de Bernay*.

Pour l'emploi des mesures du vers, c'est le goût qu'il faut consulter, et personne, mieux que le poëte lui-même, ne saurait être juge du rhythme qu'il convient d'appliquer à la pensée.

III. — DE L'ÉLISION.

Toutes les fois que, dans le corps d'un vers, la dernière syllabe d'un mot est terminée par un *e* muet, et que le mot suivant commence par une voyelle ou un *h* muet, il y a *élision;* c'est-à-dire que cet *e* muet se confond dans la prononciation avec la première syllabe du mot suivant, et ne compte pas dans la mesure :

Le timide bouvreuil, la sensible fauvette,
Sous la blanchE aubépinE ont choisi leur retraite;
Et les chênes des bois offrent à l'aiglE altier
De leurs rameaux touffus l'asilE hospitalier.

L'élision ne peut avoir lieu dans les mots où l'*e* muet est suivi de *s* ou *nt :* ces consonnes intermédiaires empêchent l'élision :

InutilES efforts ! les vaguES irritées
FranchissENT en grondant leurs rives dévastées.

Les mots qui ont une voyelle sonore immédiatement avant l'*e* muet final, tels que *patrie*, *vue*, *joie*, *sacrée*, *destinée*, *envie*, *vie*, etc., ne peuvent entrer dans le corps d'un vers, à moins qu'ils ne soient suivis d'un mot qui commence par une voyelle, avec laquelle l'*e* muet final s'élide.

Ainsi, on dira bien :

C'est Vénus tout entièrE à sa proiE attachée,

parce que l'*e* muet du mot *proie* s'élide avec la voyelle initiale du mot suivant; mais on ne pourrait pas dire :

La vuE s'étendait sur un coteau fertile,

parce que l'*e* du mot *vue* n'est pas suivi d'un mot commençant par une voyelle, et par conséquent ne se trouve pas *élidé*.

Les mots *joies*, *destinées*, *sacrées*, *croient*, *voient*, *prient*, *avouent*, etc., dans lesquels l'*e* muet précédé d'une voyelle sonore, et suivi d'une ou de plusieurs consonnes, ne saurait s'élider, ne peuvent jamais s'employer qu'à la fin des vers.

Dans le corps d'un mot, l'*e* muet précédé d'une voyelle se retranche toujours. Ainsi au lieu d'écrire *louera*, *prierais*, *gaieté*, *enjouement*, on écrit *loûra*, *prîrais*, *gaîté*, *enjoûment* : l'accent circonflexe remplace la voyelle supprimée.

On appelle *hiatus* (bâillement) la rencontre de deux voyelles dont l'une finit un mot et l'autre commence le mot suivant. L'*e* muet est la seule voyelle qui s'élide à la fin des mots; toute autre forme un *hiatus*. On ne pourra donc jamais faire entrer dans un vers *loi ancienne*, *Dieu éternel*, *vérité éclatante*, *pria encore*, etc.

On admet cependant dans les vers *Oui, oui; hé, oui* :

Oui, oui, d'un tel forfait je punirai l'auteur.

La conjonction *et*, dont le *t* final ne se prononce pas, produit un hiatus, lorsqu'elle est suivie d'un mot qui commence par une voyelle. Ainsi, on ne peut pas dire : *Et il se précipite; gloire et honneur.*

Il y a encore quelques autres exceptions : l'usage les apprendra.

EXERCICE.

LA NATURE.

L'élève soulignera les E *élidés.*

Que les vides du cœur se comblent aisément,
Lorsqu'on voit la nature avec des yeux d'amant!
Pour moi, c'est une sœur, une épouse, une amie,
Et c'est entre ses bras que j'ai jeté ma vie.
Et l'aurore et le soir m'apportent ses faveurs;
Je respire son souffle au doux parfum des fleurs,
Philomèle est sa voix, le feuillage est sa lyre,
Le soleil son regard, et le ciel son sourire.
Vous dirai-je la paix, le pur enchantement,
L'extase où je me plonge à son aspect charmant?
L'existence n'est plus un fardeau sur mon âme,
Dans mes sens réveillés coule une douce flamme;
J'ai du bonheur à vivre : épris d'un saint amour,
Je dévore le ciel, je bois les feux du jour.
Sous l'ombrage et l'azur, les fleurs et la lumière,
Mon âme te saisit, âme de la matière;
Et versant sur ma plaie un baume de douceur,
Un Dieu fait son séjour dans le fond de mon cœur

CORRIGÉ.

Que les vides du cœur se comblent aisément,
Lorsqu'on voit la naturE avec des yeux d'amant!
Pour moi, c'est une sœur, unE épousE, unE amie,
Et c'est entre ses bras que j'ai jeté ma vie.
Et l'arorE et le soir m'apportent ses faveurs;
Je respire son souffIE au doux parfum des fleurs;

Philomèl**E** est sa voix, le feuillag**E** est sa lyre,
Le soleil son regard, et le ciel son sourire.
Vous dirai-je la paix, le pur enchantement,
L'extas**E** où je me plong**E** à son aspect charmant?
L'existence n'est plus un fardeau sur mon âme,
Dans mes sens réveillés coul**E** une douce flamme;
J'ai du bonheur à vivr**E** : épris d'un saint amour,
Je dévore le ciel, je bois les feux du jour,
Sous l'ombrag**E** et l'azur, les fleurs et la lumière,
Mon âme te saisit, âme de la matière,
Et versant sur ma plai**E** un baume de douceur,
Un Dieu fait son séjour dans le fond de mon cœur.

ALLETZ.

IV. — DE LA CÉSURE.

La *césure* est une sorte de repos que le sens doit autoriser et qui coupe le vers en deux parties.

Césure veut dire *coupure.*

Il n'y a que les vers de douze et de dix syllabes qui aient une césure.

De la césure dans les vers de douze syllabes.

Dans les vers de douze syllabes, la césure vient après la sixième syllabe, de sorte qu'elle partage le vers en deux parties égales qu'on appelle *hémistiches* (demi-vers).

Boileau a donné à la fois le précepte et l'exemple quand il a dit :

Que toujours dans vos vers — le sens, coupant les mots,
Suspende l'hémistiche, — en marque le repos.

Le mot *hémistiche* ne peut s'appliquer qu'aux vers de douze syllabes.

Le premier hémistiche d'un vers ne peut jamais se terminer

par un E, à moins que le premier mot du second hémistiche ne commence par une voyelle ou par une H muette, c'est-à-dire qu'il y ait élision.

Ainsi, on dira bien :

Oui, je viens dans son temple adorer l'Éternel;

Mais on ne pourrait pas dire :

Une frayeur soudainE glaça tous les esprits.

Les syllabes muettes *es*, *ent*, comme dans *tabl*ES, *joi*ES, *blanch*ES, *chant*ES, *ils tienn*ENT, *ils emploi*ENT, ne peuvent jamais terminer le premier hémistiche, par la raison qu'il n'y a pas d'élision possible. Il faut excepter les terminaisons en *aient*, comme *venaient*, *viendraient*, dans lesquelles les trois dernières lettres sont supprimées par la prononciation, et par conséquent ne sont pas comptées dans la mesure :

Les prêtres ne pouvAIENT suffire au sacrifice.

De la césure dans les vers de dix syllabes.

Dans les vers de dix syllabes, la césure se trouve après la quatrième syllabe :

Quittons ce toit — où ma raison s'enivre.
Oh! qu'ils sont loin — ces jours si regrettés!
J'échangerais — ce qu'il me reste à vivre
Contre un des mois — qu'ici Dieu m'a comptés.

Toutes les règles que nous avons données pour la césure du vers de douze syllabes sont applicables à celui de dix syllabes.

EXERCICES.

I.

LE PAYS.

L'élève tirera une petite ligne verticale entre les deux hémistiches de chacun des vers suivants :

Oh ! ne quittez jamais, c'est moi qui vous le dis,
Le devant de la porte où l'on jouait jadis ;
L'église où, tout enfant, d'une voix douce et claire,
Vous chantiez à la messe auprès de votre mère ;
Et la petite école où, traînant chaque pas,
Vous alliez le matin, oh ! ne la quittez pas.
Car une fois perdu parmi ces capitales,
Cet immense Paris aux tourmentes fatales,
Repos, douce gaîté, tout s'y vient engloutir,
Et vous le maudissez sans en pouvoir sortir.
Croyez qu'il sera doux de voir un jour peut-être
Vos fils étudier sous votre bon vieux maître,
Dans l'église avec vous chanter au même banc,
Et jouer à la porte où l'on jouait enfant.

CORRIGÉ.

Oh ! ne quittez jamais, | c'est moi qui vous le dis,
Le devant de la porte | où l'on jouait jadis ;
L'église où, tout enfant, | d'une voix douce et claire,
Vous chantiez à la messe | auprès de votre mère ;
Et la petite école | où, traînant chaque pas,
Vous alliez le matin, | oh ! ne la quittez pas.
Car une fois perdu | parmi ces capitales,
Cet immense Paris | aux tourmentes fatales,
Repos, douce gaîté, | tout s'y vient engloutir,
Et vous le maudissez | sans en pouvoir sortir.
Croyez qu'il sera doux | de voir un jour peut-être

Vos fils étudier | sous votre bon vieux maître,
Dans l'église avec vous | chanter au même banc,
Et jouer à la porte | où l'on jouait enfant.

A. Brizeux.

II.

LE BAL DES PAUVRES.

L'élève indiquera la césure par un trait vertical.

De l'Opéra brillent les feux magiques;
Le riche accourt à ce bal généreux.
Que font si tard, au pied des froids portiques,
Ces trois enfants? Une femme est près d'eux.
Pompes du bal pour eux ne sont pas faites;
Leurs traits souffrants sont flétris par la faim...
« Heureux du jour, Dieu sourit à vos fêtes;
» Dansez, dansez; mes fils auront du pain!

» Que la bonté plaît sur un beau visage!
» Moi, je fus belle et charitable aussi;
» Aux orphelins je donnais davantage;
» Donnez aux miens, et je dirai : « Merci! »
» Pauvres oiseaux, battus par les tempêtes,
» Que leur faut-il? un peu d'ombre et de grain...
» Heureux du jour, Dieu sourit à vos fêtes;
» Dansez, dansez; mes fils auront du pain! »

C'était la voix de cette pauvre mère,
Qui, sans asile, errante avec ses fils,
Vint abriter leur veille et leur misère
Sous la splendeur de ces riches parvis.
Eux admiraient l'or des belles toilettes;
Elle, songeait aux dons du lendemain....
« Heureux du jour, Dieu sourit à vos fêtes;
» Dansez, dansez; mes fils auront du pain! »

CORRIGÉ.

De l'Opéra | brillent les feux magiques;
Le riche accourt | à ce bal généreux.
Que font si tard, | au pied des froids portiques,
Ces trois enfants? | Une femme est près d'eux.
Pompes du bal | pour eux ne sont point faites;
Leurs traits souffrants | sont flétris par la faim..
« Heureux du jour, | Dieu sourit à vos fêtes;
» Dansez, dansez; | mes fils auront du pain!

» Que la bonté | plaît sur un beau visage!
» Moi, je fus belle | et charitable aussi;
» Aux orphelins | je donnais davantage;
» Donnez aux miens, | et je dirai : « Merci! »
» Pauvres oiseaux, | battus par les tempêtes,
» Que leur faut-il? | un peu d'ombre et de grain...
» Heureux du jour, | Dieu sourit à vos fêtes;
» Dansez, dansez; | mes fils auront du pain! »

C'était la voix | de cette pauvre mère,
Qui, sans asile, | errante avec ses fils,
Vint abriter | leur veille et leur misère
Sous la splendeur | de ces riches parvis.
Eux, admiraient | l'or des belles toilettes;
Elle, songeait | aux dons du lendemain...
« Heureux du jour, | Dieu sourit à vos fêtes;
» Dansez, dansez; | mes fils auront du pain! »

III.

LES FLEURS.

L'élève corrigera ceux des vers suivants dont la césure est mauvaise; il y a seulement transposition de mots.

Multipliez les fleurs, ornement du parterre;
Oh! si la fable encor venait charmer la terre,
Ces fleurs reproduiraient, en s'animant pour nous,
Et la jeune beauté qui mourut sans époux,
Et le guerrier qui tombe à la fleur de son âge,
Et l'imprudent jeune homme épris de son image.
Renais dans l'hyacinthe, enfant aimé d'un dieu;
A ta beauté, Narcisse, dis un dernier adieu;
Penche-toi sur les eaux pour t'admirer encore!
Que l'œillet d'un éclat varié se décore!
Et toi qui te cachas, plus humble que tes sœurs,
A mes pieds, violette, verse au moins tes odeurs;
En tous lieux, que sous l'herbe, ta pourpre se noircisse;
Et que la giroflée en montant s'épaississe!
Mariez le jasmin, le lilas, l'églantier,
Et surtout que la rose embaume ce sentier.
O fleurs! en tous les temps égayez ma retraite;
Et, plus heureux que moi, puisse un autre poëte
Peindre sous des crayons, frais comme vos couleurs,
Vos doux instincts, vos sexes, et vos traits et vos mœurs.

CORRIGÉ.

Multipliez les fleurs, ornement du parterre;
Oh! si la fable encor venait charmer la terre,
Ces fleurs reproduiraient, en s'animant pour nous,
Et la jeune beauté qui mourut sans époux,
Et le guerrier qui tombe à la fleur de son âge,
Et l'imprudent jeune homme épris de son image.
Renais dans l'hyacinthe, enfant aimé d'un dieu;

Narcisse, à ta beauté, dis un dernier adieu;
Penche-toi sur les eaux pour t'admirer encore!
D'un éclat varié que l'œillet se décore!
Et toi qui te cachas, plus humble que tes sœurs,
Violette, à mes pieds, verse au moins tes odeurs;
Que sous l'herbe, en tous lieux, ta pourpre se noircisse,
Et que la giroflée en montant s'épaississe!
Mariez le jasmin, le lilas, l'églantier,
Et surtout que la rose embaume ce sentier.
O fleurs! en tous les temps égayez ma retraite;
Et, plus heureux que moi, puisse un autre poëte
Peindre sous des crayons, frais comme vos couleurs,
Vos traits, vos doux instincts, vos sexes et vos mœurs!

DE FONTANES.

V. — DE LA RIME.

La *rime* est la consonnance finale de deux vers : elle est la principale difficulté et le charme suprême du vers français.

Il y a deux sortes de rimes : la rime masculine et la rime féminine.

La *rime masculine* est celle qui se termine par une syllabe sonore :

Le premier qui fut roi fut un soldat heureux :
Qui sert bien son pays n'a pas besoin d'aïeux.

On ne considère presque jamais que le son de la dernière syllabe des mots pour la rime masculine.

Ainsi, *vérité* rime avec *piété*, *raison* avec *maison*, *malheur* avec *douleur*, *succès* avec *procès*, etc.

La *rime féminine* est celle qui se termine par une syllabe muette, c'est-à-dire par un E muet seul :

Aux petits des oiseaux Dieu donne la pâture,
Et sa bonté s'étend sur toute la nature.

Ou par un E muet suivi de *s* :

Avec leurs grands sommets, leurs glaces éternelles,
Par un soleil d'été, que les Alpes sont belles !

Ou par un E muet suivi de *nt* :

Par des vœux plus pressants nos alarmes t'implorent ;
Bénis, Dieu paternel, tes enfants qui t'adorent.

Bientôt d'affreux vainqueurs dans nos champs accoururent ;
Nos troupeaux, nos moissons devant eux disparurent.

Dans les rimes féminines, la consonnance doit commencer à l'avant-dernière syllabe.

Quoique terminées en *aient*, les troisièmes personnes du pluriel de l'imparfait de l'indicatif et du conditionnel présent des verbes forment une rime masculine, parce que ces cinq lettres ont le son d'un È :

Aux accords d'Amphion les pierres se mouvaient,
Et sur les murs thébains en ordre s'élevaient.

Cette rime est d'ailleurs traînante et ne se trouve que rarement dans les bons poëtes.

De la rime riche et de la rime suffisante.

La rime est *riche* ou *suffisante.*

La rime est *riche* lorsque la consonnance porte sur une syllabe entière :

Souffrez cette tendresse, et pardonnez aux larmes
Que m'arrachent pour vous de trop justes alarmes.
Loin du trône nourri, de ce fatal honneur,
Hélas ! vous ignorez le charme empoisonneur.

La rime est *suffisante* lorsqu'il y a conformité de désinence vocale :

La colombe attendrit les échos des forêts,
Le merle des taillis cherche l'ombrage épais.

Voyager! à ce mot qui me charme sans cesse,
Mon pied impatient et s'agite et se dresse.

Des mots qui ne peuvent rimer ensemble.

Un mot ne peut rimer avec lui-même, à moins que les deux mots ne soient pris dans des significations différentes.

Ainsi, on ne peut pas dire :

Les chefs et les soldats ne se connaissent *plus;*
L'un ne peut commander, l'autre n'obéit *plus.*

Mais on dira bien :

C'est Sidon qui périt, c'est Ninive qui *tombe*
Tous les dieux de Bélus descendent dans la *tombe.*

Des consonnances à éviter.

Il faut éviter avec soin l'identité de consonnance de deux vers masculins et de deux vers féminins. Les vers suivants de Racine ont été justement blâmés :

Avant que tous les Grecs vous parlent par ma *voix,*
Souffrez que j'ose ici me flatter de leur *choix;*
Et qu'à vos yeux, Seigneur, je montre quelque *joie*
De voir le fils d'Achille et le vainqueur de *Troie.*

Un vers est défectueux quand le premier hémistiche a une apparence de rime, une consonnance de sons avec le second hémistiche :

Tous perdirent leurs biens et voulurent trop *tard*
Profiter de ces *dards* unis et pris à *part.*

Des licences orthographiques.

Pour le besoin de la rime, on peut supprimer la consonne finale *s*, à la première personne du présent de l'indicatif :

Chaque jour est un bien que du Ciel je *reçoi.*

On peut aussi, selon le besoin de la mesure ou de la rime, écrire avec ou sans *s* : *jusque* ou *jusques*, *guère* ou *guères*, *certe* ou *certes*, *Athène* ou *Athènes*, *Thèbe* ou *Thèbes*, etc. :

Nil, quels sont ces débris sur tes bords dévastés?
C'est Thèbe aux cent palais, l'aïeule des cités.

EXERCICES.

I.

LA VRAIE NOBLESSE.

Vers de douze syllabes, à rimes suivies; les deux premiers sont féminins. — L'élève remplacera chaque mot en italique par un autre mot synonyme qui convienne comme mesure et comme rime.

Au vainqueur des Teutons, quand il rentra dans Rome;
Osa-t-on demander s'il était *noble?*
Le vrai noble, aux combats, c'est le vaillant *soldat;*
Le lâche, issu d'un noble, est moins qu'un roturier.
Rajeunis de ton nom la vieille *splendeur.*
Il ne suffira plus, pour conduire une armée,
D'être, au sein d'un infâme et nonchalant repos,
Le quatorzième sot descendu d'un *grand homme.*
Ne crois pas que ce soit ton titre qui m'*offense;*
Je combats la sottise, et non pas la noblesse :
Je m'incline avec toi quand on nomme Condé;
Mais sur ses actions mon respect est *basé;*
Tu salûras en lui le rang... moi, la victoire.
Le rang brille à la cour; la vertu dans *les annales.*
Tel ruisseau vers sa source est transparent et pur,
Qui va se perdre au loin dans un marais *caché :*
Tandis que l'honneur vrai s'élançait des chaumières,
L'honneur faux sommeillait dans les *châteaux;*
Aussi, que de grands noms du néant sont sortis!
Que de noms, jadis grands, sont devenus petits!

CORRIGÉ.

Au vainqueur des Teutons, quand il rentra dans Rome,
Osa-t-on demander s'il était gentilhomme?
Le vrai noble, aux combats, c'est le vaillant guerrier;
Le lâche, issu d'un noble, est moins qu'un roturier.
Rajeunis de ton nom la vieille renommée.
Il ne suffira plus, pour conduire une armée,
D'être, au sein d'un infâme et nonchalant repos,
Le quatorzième sot descendu d'un héros.
Ne crois pas que ce soit ton titre qui me blesse;
Je combats la sottise et non pas la noblesse :
Je m'incline avec toi quand on nomme Condé;
Mais sur ses actions mon respect est fondé;
Tu salùras en lui le rang... moi, la victoire.
Le rang brille à la cour; la vertu, dans l'histoire.
Tel ruisseau vers sa source est transparent et pur,
Qui va se perdre au loin dans un marais obscur :
Tandis que l'honneur vrai s'élançait des chaumières,
L'honneur faux sommeillait dans les gentilhommières;
Aussi, que de grands noms du néant sont sortis!
Que de noms, jadis grands, sont devenus petits!

E. DUPATY. — *Les Délateurs.*

II.

L'AMOUR DE LA SOLITUDE.

Vers de douze syllabes, à rimes suivies; les deux premiers sont féminins. — L'élève remplacera les mots en italique par d'autres mots qui donnent tout à la fois la mesure et la rime.

Enfant, j'aimais déjà l'ombre et la solitude;
Et, tandis que, des jeux faisant leur douce *occupation*,
Mes bruyants compagnons, au plaisir animés,

Tout colorés de joie, et les yeux *brillants*,
Bondissaient en *fredonnant* sur la verte *pelouse*,
Moi, souvent à l'écart, traînant ma rêverie,
Je m'asseyais au bord d'un champêtre ruisseau,
Et suivais tristement les erreurs de son *cours*;
J'observais dans son vol l'hirondelle légère
Qui, près de s'exiler sur la rive *lointaine*,
Pour la dernière fois, sous l'ombrage écarté,
Planait dans la fraîcheur du cristal *d'argent*.

CORRIGÉ.

Enfants, j'aimais déjà l'ombre et la solitude;
Et, tandis que, des jeux faisant leur douce étude,
Mes bruyants compagnons, au plaisir animés,
Tout colorés de joie, et les yeux enflammés,
Bondissaient en chantant sur la verte prairie,
Moi, souvent à l'écart, traînant ma rêverie
Je m'asseyais au bord d'un champêtre ruisseau,
Et suivais tristement les erreurs de son eau:
J'observais dans son vol l'hirondelle légère
Qui, près de s'exiler sur la rive étrangère,
Pour la dernière fois, sous l'ombrage écarté,
Planait dans la fraîcheur du cristal argenté.

ALLETZ.

III.

L'ÉDUCATION DES FEMMES.

L'élève remplacera les points par un mot qui convienne au sens, à la rime. —Les vers sont de douze syllabes, à rimes suivies, les deux premiers sont féminins.

Ce sont les arts qui font le charme de la vie,
Et par eux une femme est toujours...
Votre sexe avec nous peut bien les partager;

Rien d'aimable ne doit lui rester...
Il est doux de trouver dans une épouse chère
Des arts consolateurs qui sachent nous...,
De pouvoir, sans quitter son modeste séjour,
Se reposer le soir des fatigues du...
Ayez donc des talents! mais il est nécessaire
Qu'on en fasse un plaisir et non pas une...
Chacun veut aujourd'hui briller! voilà le mal!
Ce vice est parmi nous devenu...;
Il est dans tous les rangs : le marchand le plus mince
Élève ses enfants comme des fils de...;
Sa fille, qu'en tous lieux il se plaît à vanter,
N'entend rien au ménage et ne sait pas... :
En revanche, elle chante et fait de la musique,
Et l'on trouve un piano dans...

CORRIGÉ.

Ce sont les arts qui font le charme de la vie,
Et par eux une femme est toujours embellie
Votre sexe avec nous peut bien les partager,
Rien d'aimable ne doit lui rester étranger.
Il est doux de trouver dans une épouse chère
Des arts consolateurs qui sachent nous distraire,
De pouvoir, sans quitter son modeste séjour,
Se reposer le soir des fatigues du jour.
Ayez donc des talents! mais il est nécessaire
Qu'on en fasse un plaisir et non pas une affaire.
Chacun veut aujourd'hui briller! voilà le mal!
Ce vice est parmi nous devenu général;
Il est dans tous les rangs : le marchand le plus mince
Élève ses enfants comme des fils de prince;
Sa fille, qu'en tous lieux il se plaît à vanter,
N'entend rien au ménage et ne sait pas compter :

En revanche, elle chante et fait de la musique,
Et l'on trouve un piano dans l'arrière-boutique.

CASIMIR BONJOUR. — *L'Éducation.*

IV.

LE SOMMEIL ET L'ESPÉRANCE.

Vers de douze syllabes, à rimes suivies ; les deux premiers sont féminins. L'élève remplacera les points par des mots qui conviennent comme mesure et comme rime.

Du Dieu qui nous créa la clémence.....,
Pour adoucir les maux de cette courte vie,
A placé parmi nous deux êtres.....,
De la terre à jamais aimables habitants,
Soutiens dans les travaux, trésors de l'indigence :
L'un est le doux Sommeil, et l'autre.....
L'un, quand l'homme accablé sent de son faible corps
Les organes vaincus, sans force et sans.....,
Vient par un calme heureux secourir la nature,
Et lui porter l'oubli des peines..... ;
L'autre anime nos cœurs, enflamme nos désirs,
Et, même en nous trompant, donne.....

CORRIGÉ.

Du Dieu qui nous créa la clémence infinie,
Pour adoucir les maux de cette courte vie,
A placé parmi nous deux êtres bienfaisants,
De la terre à jamais aimables habitants,
Soutiens dans les travaux, trésors de l'indigence :
L'un est le doux Sommeil, et l'autre l'Espérance.
L'un, quand l'homme accablé sent de son faible corps
Les organes vaincus, sans force et sans ressorts,
Vient par un calme heureux secourir la nature,
Et lui porter l'oubli des peines qu'elle endure;

L'autre anime nos cœurs, enflamme nos désirs,
Et, même en nous trompant, donne de vrais plaisirs.

VOLTAIRE.

V.

AIDONS-NOUS MUTUELLEMENT.

Vers de douze syllabes, à rimes suivies; les deux premiers sont féminins.

Dans nos jours passagers de peines, de.....,
Enfants d'un même Dieu, vivons du moins en frères;
Aidons-nous à porter nos terrestres..... :
Nous marchons tous courbés sous le poids de nos maux;
Mille ennemis cruels assiégent notre vie,
Toujours par nous maudite, et toujours si.....
Quelquefois dans nos jours, consacrés aux douleurs,
Par la main du plaisir nous essuyons nos.....;
Mais le plaisir s'envole et passe comme une ombre:
Nos chagrins, nos regrets, nos pertes sont.....
Notre cœur égaré, sans guide et sans appui,
Est brûlé de désirs, ou glacé par.....
Nul de nous n'a vécu sans connaître les.....
De la société les secourables charmes
Consolent nos douleurs au moins quelques instants;
Remède encor trop faible à des maux si.....
Ah! n'empoisonnons pas la douceur qui nous reste.
Je crois voir des forçats dans leur cachot.....,
Se pouvant secourir, l'un sur l'autre acharnés,
Combattre avec les fers dont ils.....

CORRIGÉ.

Dans nos jours passagers de peines, de misères,
Enfants d'un même Dieu, vivons du moins en frères;
Aidons-nous à porter nos terrestres fardeaux;
Nous marchons tous courbés sous le poids de nos maux;
Mille ennemis cruels assiégent notre vie,

Toujours par nous maudite, et toujours si chérie.
Quelquefois dans nos jours, consacrés aux douleurs,
Par la main du plaisir nous essuyons nos pleurs;
Mais le plaisir s'envole et passe comme une ombre :
Nos chagrins, nos regrets, nos pertes sont sans nombre.
Notre cœur égaré, sans guide et sans appui,
Est brûlé de désirs, ou glacé par l'ennui.
Nul de nous n'a vécu sans connaître les larmes.
De la société les secourables charmes
Consolent nos douleurs au moins quelques instants;
Remède encore trop faible à des maux si constants.
Ah! n'empoisonnons pas la douceur qui nous reste.
Je crois voir des forçats dans leur cachot funeste,
Se pouvant secourir, l'un sur l'autre acharnés,
Combattre avec les fers dont ils sont enchaînés.

VOLTAIRE.

VI. — DE LA DISPOSITION.

La *disposition* comprend la *disposition des rimes* et la *disposition des vers*.

Disposition des rimes.

RÈGLE GÉNÉRALE. Les rimes doivent êtres disposées de telle sorte qu'un vers masculin ou féminin ne soit pas suivi d'un autre vers masculin ou féminin et ayant une désinence différente.

Il y a trois sortes de rimes : les *rimes plates* ou *suivies*, les *rimes croisées* et les *rimes mêlées*.

On appelle *rimes plates* ou *suivies* celles qui présentent alternativement deux vers masculins et deux vers féminins, ou deux vers féminins et deux masculins :

LA TENDRESSE MATERNELLE.

L'enfant de jour en jour avance dans la vie;
Et, comme les aiglons, qui, cédant à l'envie

De mesurer les cieux dans leur premier essor,
Exercent près du nid leur aile faible encor,
Doucement soutenu par ses mains chancelantes,
Il commence l'essai de ses forces naissantes.
Sa mère est près de lui : c'est elle dont le bras,
Dans leur débile effort, aide ses premiers pas.

Une pièce de vers peut commencer par une rime masculine ou par une rime féminine indifféremment.

On appelle *rimes croisées :*

1° Celles où une rime masculine alterne avec une rime féminine et réciproquement :

Chante, tant que la vie est pour toi moins amère;
Enfant, prends ta marmotte et ton léger trousseau;
Répète en cheminant les chansons de ta mère,
Quand ta mère chantait auprès de ton berceau.

GUIRAUD.

Il ne faut point, enfant, toujours parler de soi,
De ce que l'on a fait, de ce que l'on doit faire :
Ou d'un sot ou d'un fat c'est l'ordinaire emploi.
Ne sait-on rien de mieux ? qu'on sache au moins se taire.

2° Celles où deux rimes masculines sont placées entre deux rimes féminines et réciproquement :

De la tendre amitié pour goûter les délices,
Il faut par la vertu que les cœurs soient unis.
L'homme vertueux seul peut avoir des amis;
Les amis du méchant ne sont que ses complices.

Notre vie est si courte! il la faut employer;
Instruisez-vous, enfants, dès l'âge le plus tendre.
Vous serez malheureux si vous cessez d'apprendre;
Et c'est un jour perdu qu'un jour sans travailler.

On appelle *rimes mêlées* celles dont la disposition n'est soumise qu'à la règle générale que nous avons donnée précédemment.

Les chœurs d'*Esther* et d'*Athalie* sont en rimes mêlées.

Disposition des vers.

La *disposition des vers* est l'ordre dans lequel on les range. Un nombre déterminé de vers formant un sens complet, prend le nom de *stance*. Dans l'ode, les stances se nomment *strophes*, et *couplets* dans la chanson.

La stance de quatre vers s'appelle *quatrain;* celle de six vers, *sixain;* celle de huit vers, *huitain;* et celle de dix vers, *dizain.* Les stances de cinq, de sept ou de neuf vers, ne portent point de noms particuliers.

On appelle *stances régulières* celles qui sont uniformes pour la mesure, le nombre de vers et la combinaison des rimes; *stances irrégulières,* celles qui ont une forme différente et sans symétrie; *stances mixtes,* celles qui ont une forme différente mais symétrique.

On appelle *vers libres* ceux où le poëte entremêle à son gré différentes mesures, et qui ne sont pas soumis au retour d'un rhythme régulier. Racine, Rousseau, La Fontaine nous en offrent de nombreux modèles.

EXERCICES GRADUÉS

DE VERSIFICATION FRANÇAISE

EXERCICES DE 1er DEGRÉ.

Dans les exercices de premier degré, il y a seulement transposition de mots : c'est à l'élève à reconstruire le vers.

I.

PUISSANCE DE DIEU.

Vers de douze syllabes, à rimes suivies ; les deux premiers sont féminins.

Contre lui que peuvent tous les rois de la terre ?
Pour lui faire la guerre ils s'uniraient en vain :
Il n'a qu'à se montrer pour dissiper leur ligue ;
Il parle, et il les fait tous rentrer dans la poudre.
Au seul son de sa voix, le ciel tremble, la mer fuit :
Il voit tout l'univers ensemble comme un néant ;
Et, vains jouets du trépas, les faibles mortels
Tous devant ses yeux sont comme s'ils n'étaient pas.

CORRIGÉ.

Que peuvent contre lui tous les rois de la terre ?
En vain ils s'uniraient pour lui faire la guerre :
Pour dissiper leur ligue, il n'a qu'à se montrer ;
Il parle, et dans la poudre il les fait tous rentrer.
Au seul son de sa voix la mer fuit, le ciel tremble :
Il voit comme un néant tout l'univers ensemble ;
Et les faibles mortels, vains jouets du trépas,
Sont tous devant ses yeux comme s'ils n'étaient pas.

J. RACINE.

II.

LA BONNE IDÉE.

Vers de douze syllabes, à rimes suivies; les deux premiers sont masculins.

Un jour un villageois, enfourché sur son âne,
Trouva son passage bouché par un ruisseau;
Tandis qu'un batelier s'apprête pour le prendre,
Il saute en bas de sa bête, s'approche du bord,
S'embarque le premier, et sur le pont tremblant,
Par son licou tire l'animal nonchalant.
Le grison, qui redoute le caprice des flots,
Fait le pas d'écrevisse, tire de son côté,
Et déconcertant l'effort du maître essoufflé,
Sur le bord, lutteur victorieux demeure.
Enfin, tout épuisé de courage et d'haleine,
L'homme change d'avis, au rivage redescend,
Par la queue prend l'âne et tire de son mieux.
L'animal furieux s'échappe aussitôt,
Et, forçant la violence du bras qui le tient,
S'élance dans le bateau d'un saut précipité.

CORRIGÉ.

Un jour un villageois, sur son âne enfourché,
Trouva par un ruisseau son passage bouché;
Tandis que pour le prendre un batelier s'apprête,
Il s'approche du bord, saute en bas de sa bête,
S'embarque le premier, et sur le pont tremblant,
Tire par son licou l'animal nonchalant.
Le grison, qui des flots redoute le caprice,
Tire de son côté, fait le pas d'écrevisse,
Et du maître essoufflé déconcertant l'effort,
Lutteur victorieux, demeure sur le bord.
Enfin, tout épuisé d'haleine et de courage,

L'homme change d'avis, redescend au rivage,
Prend l'âne par la queue et tire de son mieux.
L'animal aussitôt s'échappe furieux,
Et, du bras qui le tient forçant la violence,
D'un saut précipité dans le bateau s'élance.

J. B. ROUSSEAU.

III.

LA ROSE.

Vers de douze syllabes, à rimes suivies; les deux premiers sont féminins.

Salut, rose vermeille! salut, reine des fleurs!
Le matin a vu à peine ta fleur éclose,
Que, emportés d'un doux zèle, les jeunes zéphyrs
Aux bosquets enchantés racontent ta naissance;
Et le printemps ravi, que décore ton éclat,
Te remet le sceptre et la couronne de Flore.
Oh! tu mérites bien la royauté aimable
Que décerne à ta beauté la main du Printemps!
N'es-tu pas le riant interprète de nos cœurs,
L'amour du poëte, et l'ornement de la vierge?
D'un éclat enflammé tu fais briller, ô fleur,
Du printemps parfumé le sein frais et vermeil;
Tu reposes et souris au front de la pudeur,
Et de tes roses le char du matin est rougi.
Mais, hélas! combien ses couleurs vont durer peu!
L'aube lui versa en vain le tribut de ses pleurs;
Deux soleils ont, en passant, hâté sa vieillesse:
Riche ce matin encor de jeunesse et de grâce,
Elle était l'amour et l'espérance du jardin;
Mais, dans l'espace d'un jour, la rose a vieilli.
De cette tête, ornée en vain par les Grâces,
J'ai vu, le soir, la couronne fanée tomber;
Et, sur les gazons fleuris, les zéphyrs ingrats
Ont roulé à mes pieds les débris de la rose.

CORRIGÉ.

Salut, reine des fleurs! salut, vermeille rose!
A peine le matin a vu ta fleur éclose,
Que les jeunes zéphyrs, d'un doux zèle emportés,
Racontent ta naissance aux bosquets enchantés;
Et le printemps ravi, que ton éclat décore,
Te remet la couronne et le sceptre de Flore.
Oh! tu mérites bien l'aimable royauté
Que la main du Printemps décerne à ta beauté!
N'es-tu pas de nos cœurs le riant interprète,
L'ornement de la vierge et l'amour du poëte?
O fleur, tu fais briller d'un éclat enflammé
Le sein vermeil et frais du printemps parfumé;
Au front de la pudeur tu souris et reposes,
Et le char du matin est rougi de tes roses.
Mais, hélas! combien peu vont durer ses couleurs!
L'aube en vain lui versa le tribut de ses pleurs;
Deux soleils, en passant, ont hâté sa vieillesse :
Ce matin, riche encor de grâce et de jeunesse,
Elle était du jardin l'espérance et l'amour;
Mais la rose a vieilli dans l'espace d'un jour.
De cette tête, en vain par les Grâces ornée,
Le soir j'ai vu tomber la couronne fanée;
Et les zéphyrs ingrats, sur les gazons fleuris,
De la rose, à mes pieds, ont roulé les débris.

CHÊNEDOLLÉ.

IV.

LE BAISER D'UNE MÈRE.

Strophes de quatre vers de douze syllabes, à rimes croisées: le premier et le troisième vers sont féminins; le deuxième et le quatrième, masculins.

Après un beau jour, j'aime une nuit vaporeuse,
Et de mille étoiles d'or le ciel parsemé,
Et la lune d'argent qui, mystérieuse, vient
Sur le monde qui dort épandre sa pâleur.

J'aime aussi la senteur embaumée du matin,
La rosée de ses pleurs émaillant l'arbuste;
J'aime l'haleine parfumée du doux zéphyr,
Et dans les bosquets en fleurs l'oiseau s'éveillant.

Lorsque le soir tombe avec mélancolie,
Qu'un souffle harmonieux frissonne dans l'air,
J'aime la fraîche mélodie du rossignol,
Voix pure que pour une voix des cieux on prendrait.

J'aime un bel enfant blond, et sa mine éveillée,
Et son regard parfois si fou et si mutin,
Et ses propos naïfs, charmes de la veillée,
Et ses cheveux sur son cou flottant tout bouclés.

Mais j'aime encor mieux les baisers d'une mère,
Son amour consolant, son sourire divin;
J'aime mieux les accents de la douce prière
Qu'à son plus jeune enfant elle fait bégayer.

CORRIGÉ.

J'aime, après un beau jour, une nuit vaporeuse,
Et le ciel parsemé de mille étoiles d'or,
Et la lune d'argent, qui vient, mystérieuse,
Épandre sa pâleur sur le monde qui dort.

J'aime aussi du matin la senteur embaumée,
La rosée émaillant l'arbuste de ses pleurs;
J'aime du doux zéphyr l'haleine parfumée,
Et l'oiseau s'éveillant dans les bosquets en fleurs.

Lorsque tombe le soir avec mélancolie,
Que frissonne dans l'air un souffle harmonieux,
J'aime du rossignol la fraîche mélodie,
Voix pure qu'on prendrait pour une voix des cieux.

J'aime un bel enfant blond, et sa mine éveillée,
Et son regard parfois si mutin et si fou,
Et ses propos naïfs, charmes de la veillée,
Et ses cheveux flottant tout bouclés sur son cou.

Mais j'aime mieux encor les baisers d'une mère,
Son sourire divin, son amour consolant;
J'aime mieux les accents de la douce prière
Qu'elle fait bégayer à son plus jeune enfant.

D. H. BRAMSOT.

V.

PORTRAIT DE L'ANE.

Vers de douze syllabes, à rimes suivies; les deux premiers sont masculins.

Conduit par le bâton, instruit par un lourdaud,
Son régal est un chardon, sa parure un bât;
Mars n'ouvre pas pour lui son école glorieuse :
Il est agricole, mais il n'est point conquérant;
Enfant, il a ses jeux folâtres et sa grâce;
Jeune, il est courageux, robuste et patient,
Et, en les servant avec persévérance, paye
Sa triste vétérance chez ses ingrats patrons.
Jamais son service zélé n'est suspendu;
Pourvoyeur assidu, porteur laborieux,

Entre ses deux paniers d'égale pesanteur,
Chez la veuve frugale, chez le riche bourgeois,
Il vient, les flancs amaigris et les reins courbés,
A jeun souvent lui-même, alimenter Paris.
Quelquefois, par une heureuse chance consolé,
A la beauté peureuse il sert de Bucéphale;
Et enfin sa compagne va dans chaque cité
Porter aux teints flétris les fleurs de la santé.
Au bord du précipice il marche sans broncher,
Reconnaît son chemin, son hospice et son maître.
C'est le moins exigeant de tous nos serviteurs :
Sous le chaume indigent il naît, vieillit et meurt!
Aux rigueurs injustes dont s'indigne sa fierté
Son malheur patient se résigne noblement.
Enfin, quoique sa voix aigre et déchirante
Importune les bois de son allégresse rauque,
Qu'il offense à la fois et l'oreille et les yeux,
Qu'en marchant le châtiment seul le réveille,
Qu'il soit hargneux, désobéissant et revêche,
L'âne est intéressant à force de malheur;
Aussi le préjugé le maltraite vainement,
Il aura son poëte en dépit de l'orgueil.

CORRIGÉ.

Instruit par un lourdaud, conduit par le bâton,
Sa parure est un bât, son régal un chardon;
Pour lui Mars n'ouvre pas sa glorieuse école :
Il n'est point conquérant, mais il est agricole;
Enfant, il a sa grâce et ses folâtres jeux;
Jeune, il est patient, robuste et courageux,
Et paye, en les servant avec persévérance,
Chez ses patrons ingrats sa triste vétérance.
Son service zélé n'est jamais suspendu;
Porteur laborieux, pourvoyeur assidu,

Entre ses deux paniers de pesanteur égale,
Chez le riche bourgeois, chez la veuve frugale,
Il vient, les reins courbés et les flancs amaigris,
Souvent à jeun lui-même, alimenter Paris.
Quelquefois, consolé par une chance heureuse,
Il sert de Bucéphale à la beauté peureuse;
Et sa compagne enfin va dans chaque cité
Porter aux teints flétris les fleurs de la santé.
Il marche sans broncher au bord du précipice,
Reconnaît son chemin, son maître et son hospice;
De tous nos serviteurs c'est le moins exigeant :
Il naît, vieillit et meurt sous le chaume indigent!
Aux injustes rigueurs dont sa fierté s'indigne,
Son malheur patient noblement se résigne.
Enfin, quoique son aigre et déchirante voix
De sa rauque allégresse importune les bois,
Qu'il offense à la fois et les yeux et l'oreille,
Que le châtiment seul en marchant le réveille,
Qu'il soit hargneux, revêche et désobéissant,
A force de malheur l'âne est intéressant;
Aussi le préjugé vainement le maltraite,
En dépit de l'orgueil il aura son poëte.

DELILLE.

VI.

LES NIDS D'OISEAUX.

Strophes de quatre vers de douze syllabes, à rimes croisées.

Dans tes jeux, oh! ne déniche point les oiseaux! (*Rime masc.*)
Les oiseaux ont reçu de Dieu leur existence;
C'est Dieu qui, dans sa toute-puissance, leur apprend
A tresser sans efforts leurs si gracieux nids.

Les oiseaux ressentent, comme nous, la souffrance, (*Rime fém.*)
Cher enfant; que dirait un jour ta pauvre mère,
Si de ce petit nid, où ton enfance fleurit,
Quelque méchant allait te ravir à son amour?

Ta mère pleurerait, et pleine de tristesse (*Rime fém.*)
Elle t'appellerait, hélas! en vain peut-être;
Et toi, de qui toute la joie est en sa tendresse,
Et toi, Georges, que dirais-tu le lendemain?

Prends donc aussi pitié de la famille frêle, (*Rime fém.*)
Qui dort dans le vert gazon ou sur les rameaux,
Et de ce jeune oisillon qui sautille et gazouille,
Et qui, parce qu'il te croit bon, ne te craint pas.

Enfant, si la charité demeure dans ton cœur, (*Rime fém.*)
Le ciel te laissera ta mère à caresser;
Et, de sa sainte demeure, ton ange viendra
Te bercer chaque nuit de rêves purs et doux.

CORRIGÉ.

Oh! ne déniche point les oiseaux dans tes jeux!
Les oiseaux ont de Dieu reçu leur existence;
C'est Dieu qui leur apprend, dans sa toute-puissance,
A tresser sans efforts leurs nids si gracieux.

Les oiseaux, comme nous, ressentent la souffrance,
Cher enfant; que dirait ta pauvre mère un jour,
Si de ce petit nid, où fleurit ton enfance,
Quelque méchant t'allait ravir à son amour?

Ta mère pleurerait, et pleine de tristesse
Elle t'appellerait, hélas! peut-être en vain;
Et toi, de qui la joie est toute en sa tendresse,
Et toi, que dirais-tu, Georges, le lendemain?

Prends donc aussi pitité de la frêle famille,
Qui dort sur les rameaux ou dans le vert gazon,

De ce jeune oisillon qui gazouille et sautille,
Et qui ne te craint pas, parce qu'il te croit bon.

Enfant, si dans ton cœur la charité demeure,
Le ciel te laissera ta mère à caresser;
Et ton ange viendra, de sa sainte demeure,
De rêves doux et purs chaque nuit te bercer.

Mlle LOUISA STAPPAERTS.

EXERCICES DE 2me DEGRÉ.

L'élève remplacera les mots en italique par des SYNONYMES, *de manière que le vers ait la mesure et la rime voulues.*

I.

L'IVRESSE DU PAUVRE.

Vers de douze syllabes, à rimes suivies; les deux premiers sont masculins.

Avez-vous *parfois* rencontré, vers le soir,
Un brave campagnard regagnant son *logis*,
Après avoir à table *passé* sa journée?
Sa tête est *branlante*, et sa jambe avinée;
Il trébuche *quelquefois*, et toujours sans danger :
Parce qu'un dieu l'accompagne, et le doit protéger.
Il *marche* incertain du chemin qu'il doit *prendre*,
Guidé par la liqueur qui l'échauffe et *l'entête :*
La *gaîté* est dans ses yeux; son cœur est *affranchi*
Des *inquiétudes* dont la veille il était *tourmenté*.
Après *cent* détours il retrouve son *logis*,
Il se croit devenu souverain d'un *empire;*
Ou plutôt l'univers, réclamant son *aide*,
Fait partie de son domaine et *dépend* de lui.
Il lègue à ses *fils* des *monceaux d'or*, des provinces,
Sa femme est une reine, et ses *enfants* sont des princes.

Il triomphe *au sein* de cet enchantement,
Demande encore à boire, et s'endort en *fredonnant*.

CORRIGÉ.

Avez-vous quelquefois rencontré, vers le soir,
Un brave campagnard regagnant son manoir,
Après avoir à table employé sa journée?
Sa tête est vacillante et sa jambe avinée;
Il trébuche parfois, et toujours sans danger :
Car un dieu l'accompagne, et le doit protéger.
Il s'avance incertain du chemin qu'il doit suivre,
Guidé par la liqueur qui l'échauffe et l'enivre :
La joie est dans ses yeux; son cœur est délivré
Des ennuis dont la veille il était ulcéré.
Après mille détours il retrouve son chaume,
Il se croit devenu souverain d'un royaume,
Ou plutôt l'univers, réclamant son appui,
Dépend de son domaine et relève de lui.
Il lègue à ses enfants des trésors, des provinces,
Sa femme est une reine, et ses fils sont des princes.
Il triomphe au milieu de cet enchantement,
Demande encore à boire, et s'endort en chantant.

BERCHOUX.

II.

LE PAPILLON.

Vers de douze syllabes.

Naître avec *la belle saison,* mourir avec les roses,
Sur l'aile *de Zéphyre* nager dans un ciel pur,
Balancer sur le sein des fleurs *nouvellement* écloses,
Se rassasier de parfums, de lumière et d'azur;
Secouant, jeune *encore*, la poudre de ses ailes,

2.

Monter comme un souffle aux voûtes éternelles,
Voilà du papillon le *sort* enchanté :
Il *est semblable* au désir, qui jamais ne se pose,
Et, sans *être satisfait,* effleurant toute chose,
S'*en va* enfin au ciel chercher la volupté.

CORRIGÉ.

Naître avec le printemps, mourir avec les roses,
Sur l'aile du zéphyr nager dans un ciel pur,
Balancer sur le sein des fleurs à peine écloses,
S'enivrer de parfums, de lumière et d'azur;
Secouant, jeune encor, la poudre de ses ailes,
S'envoler comme un souffle aux voûtes éternelles,
Voilà du papillon le destin enchanté :
Il ressemble au désir, qui jamais ne se pose,
Et, sans se satisfaire, effleurant toute chose,
Retourne enfin au ciel chercher la volupté.

LAMARTINE.

III.

L'ANGE GARDIEN.

Vers de douze syllabes, à rimes suivies; les deux premiers sont masculins.

Tout *homme* a le sien : cet ange protecteur,
Cet ami *inaperçu* veille autour de son cœur,
L'inspire, le *dirige,* le relève s'il tombe,
Le reçoit au berceau, l'accompagne à la tombe,
Et *emportant* dans les cieux son âme entre ses mains,
La présente en tremblant au juge des *mortels.*
C'est ainsi qu'entre l'homme et *Dieu* lui-même,
Entre le pur néant et la grandeur *souveraine,*
D'êtres *invisibles* une chaîne sans *bout*
Unit l'homme à l'ange et l'ange au séraphin;
C'est ainsi que, peuplant l'étendue infinie,
Le Créateur répandit partout l'esprit, l'âme et la vie.

CORRIGÉ.

Tout mortel a le sien : cet ange protecteur,
Cet invisible ami veille autour de son cœur,
L'inspire, le conduit, le relève s'il tombe,
Le reçoit au berceau, l'accompagne à la tombe,
Et portant dans les cieux son âme entre ses mains,
La présente en tremblant au juge des humains.
C'est ainsi qu'entre l'homme et Jéhovah lui-même,
Entre le pur néant et la grandeur suprême,
D'êtres inaperçus une chaîne sans fin
Réunit l'homme à l'ange et l'ange au séraphin;
C'est ainsi que, peuplant l'étendue infinie,
Dieu répandit partout l'esprit, l'âme et la vie.

LAMARTINE.

IV.

ESPOIR EN DIEU.

Vers de douze syllabes, à rimes suivies; les deux premiers sont féminins.

Oui, j'espère, *Dieu tout-puissant*, en ta magnificence;
Partout, à pleines mains, *versant* l'existence,
Tu n'auras pas *limité* le nombre de mes jours
A ces jours d'ici-bas, si *agités* et si courts.
Je te vois *partout* conserver et produire :
Celui qui peut *produire* dédaigne de détruire;
Témoin de ta puissance et *certain* de ta bonté,
De l'immortalité j'attends le jour *qui ne finira jamais*.

CORRIGÉ.

Oui, j'espère, Seigneur, en ta magnificence;
Partout, à pleines mains, prodiguant l'existence,
Tu n'auras pas borné le nombre de mes jours
A ces jours d'ici-bas, si troublés et si courts.

Je te vois, en tous lieux, conserver et produire :
Celui qui peut créer dédaigne de détruire;
Témoin de ta puissance et sûr de ta bonté,
J'attends le jour sans fin de l'immortalité.

LAMARTINE.

V.

LE COIN DU FEU.

Vers de douze syllabes, à rimes suivies; les deux premiers sont masculins.

Suis-je seul? je me plais encore au coin du feu.
D'entretenir mon brasier mes mains se font un *plaisir :*
Je *remue* mes tisons; mon adroit artifice
Reconstruit de mon feu l'élégant *échafaudage ;*
J'éloigne, je rapproche, et du hêtre *qui brûle*
Je corrige le feu trop rapide ou trop *vif*
Toutes les fois que j'ai pris mes pincettes fidèles,
S'élèvent en pétillant des milliers d'étincelles;
Je *me plais* à voir s'envoler leurs légers bataillons.
Que *me font* du nord les tourbillons *impétueux*?
La neige, les frimas, qu'un froid *vif* resserre,
En vain sifflent *dans les airs,* en vain battent la terre.
Quel plaisir, *enveloppé* d'un double paravent,
D'écouter la tempête et de *se rire du* vent!
Qu'il est *agréable,* à l'abri du toit qui me *couvre,*
De voir à gros flocons *tomber* la neige!
Tantôt, *entouré* d'auteurs que je chéris,
Je prends, quitte et *prends de nouveau* mes livres favoris;
Tantôt, prenant en main *la carte* géographique,
D'Amérique en Asie, et d'Europe en *Afrique,*
Avec Cook et Forster, dans cet espace *peu étendu,*
Je *parcours* plus d'une mer, franchis plus d'un détroit,
Me promène sur la terre et navigue sur l'onde,
Et fais, dans mon fauteuil, le *tour* du monde.

CORRIGÉ.

Suis-je seul? je me plais encore au coin du feu.
De nourrir mon brasier mes mains se font un jeu;
J'agace mes tisons; mon adroit artifice
Reconstruit de mon feu l'élégant édifice;
J'éloigne, je rapproche, et du hêtre brûlant
Je corrige le feu trop rapide ou trop lent.
Chaque fois que j'ai pris mes pincettes fidèles,
Partent en pétillant des milliers d'étincelles;
J'aime à voir s'envoler leurs légers bataillons.
Que m'importent du nord les fougueux tourbillons?
La neige, les frimas, qu'un froid piquant resserre,
En vain sifflent en l'air, en vain battent la terre.
Quel plaisir, entouré d'un double paravent,
D'écouter la tempête et d'insulter au vent!
Qu'il est doux, à l'abri du toit qui me protége,
De voir à gros flocons s'amonceler la neige!
Tantôt, environné d'auteurs que je chéris,
Je prends, quitte et reprends mes livres favoris;
Tantôt, prenant en main l'écran géographique,
D'Amérique en Asie, et d'Europe en Afrique,
Avec Cook et Forster, dans cet espace étroit,
Je cours plus d'une mer, franchis plus d'un détroit,
Chemine sur la terre et navigue sur l'onde,
Et fais, dans mon fauteuil, le voyage du monde.

DELILLE.

VI.

LA TERRE AVANT LE DÉLUGE.

Vers de douze syllabes, à rimes suivies; les deux premiers sont féminins.

Rien n'avait dans sa forme *modifié* la nature,
Et des monts réguliers l'immense *échafaudage*

Montait jusqu'aux cieux par ses degrés égaux,
Sans que rien de leur chaîne eût *séparé* les anneaux.
La forêt, plus féconde, ombrageait sous ses *voûtes*
Des plaines et des fleurs les *charmants* royaumes;
Et des fleuves *à l'océan* le cours était réglé
Dans un ordre *admirable* qui n'était pas troublé,
Jamais un voyageur n'aurait, sous le feuillage,
Trouvé loin des flots l'émail du coquillage,
Et la perle habitait sa *demeure* de cristal.
Chaque trésor restait dans l'élément *où il était né*,
Sans jamais *contrevenir à* la céleste défense,
Et la beauté du monde *révélait* son enfance;
Tout *observait* sa loi douce et son premier penchant,
Tout était pur encor. Mais l'homme était *pervers*.

CORRIGÉ.

Rien n'avait dans sa forme altéré la nature,
Et des monts réguliers l'immense architecture
S'élevait jusqu'aux cieux par ses degrés égaux,
Sans que rien de leur chaîne eût brisé les anneaux.
La forêt, plus féconde, ombrageait sous ses dômes
Des plaines et des fleurs les gracieux royaumes,
Et des fleuves aux mers le cours était réglé
Dans un ordre parfait qui n'était pas troublé,
Jamais un voyageur n'aurait, sous le feuillage,
Rencontré loin des flots l'émail du coquillage,
Et la perle habitait son palais de cristal.
Chaque trésor restait dans l'élément natal,
Sans jamais violer la céleste défense,
Et la beauté du monde attestait son enfance;
Tout suivait sa loi douce et son premier penchant,
Tout était pur encor. Mais l'homme était méchant.

ALFRED DE VIGNY.

VII.

LE TEMPLE RUSTIQUE.

Vers de douze syllabes.

Qu'il est *agréable*, quand du soir l'étoile solitaire,
Précédant de la nuit le char silencieux,
Monte lentement dans la voûte des cieux,
Et que l'ombre et *la lumière* se disputent la terre;
Qu'il est *agréable* de porter ses pas religieux
Dans le fond *de la vallée*, vers ce temple rustique,
Dont la mousse a couvert le *simple* portique,
Mais où *Dieu* encor parle à des cœurs pieux!
Salut, bois consacrés! salut, *enclos* funéraire!
Des tombeaux du *hameau* humble dépositaire;
Je bénis, en passant, tes *modestes* monuments.
Malheur à qui des morts *ne respecte pas* la poussière!
Je me suis agenouillé devant leur humble pierre,
Et la *dalle sainte* a reçu mes pas retentissants.
Quelle *obscurité!* quel silence! au fond du sanctuaire
A peine on *découvre* la tremblante lumière
De la lampe qui brûle *près* des saints autels;
Seule elle luit encor *lorsque* l'univers sommeille,
Emblème *consolateur* de la bonté qui veille
Pour recueillir ici les soupirs des mortels.

CORRIGÉ.

Qu'il est doux, quand du soir l'étoile solitaire,
Précédant de la nuit le char silencieux,
S'élève lentement dans la voûte des cieux,
Et que l'ombre et le jour se disputent la terre;
Qu'il est doux de porter ses pas religieux
Dans le fond du vallon, vers ce temple rustique,
Dont la mousse a couvert le modeste portique,

Mais où le Ciel encor parle à des cœurs pieux !
Salut, bois consacrés ! salut, champ funéraire !
Des tombeaux du village humble dépositaire ;
Je bénis, en passant, tes simples monuments.
Malheur à qui des morts profane la poussière !
J'ai fléchi le genou devant leur humble pierre,
Et la nef a reçu mes pas retentissants.
Quelle nuit ! quel silence ! au fond du sanctuaire
A peine on aperçoit la tremblante lumière
De la lampe qui brûle auprès des saints autels ;
Seule elle luit encor quand l'univers sommeille,
Emblème consolant de la bonté qui veille
Pour recueillir ici les soupirs des mortels.

LAMARTINE.

VIII.

LE SOIR.

Vers de douze syllabes, à rimes suivies.

Le roi *éclatant* du jour, se couchant dans sa gloire,
Descend *lentement* de son char de victoire.
Le nuage *resplendissant* qui le *dérobe* à nos yeux,
Laisse en longs sillons sa trace dans les cieux,
Et d'un reflet de pourpre *remplit* l'étendue.
Comme une lampe *vermeille* dans l'azur suspendue,
La lune se balance aux bords de l'horizon ;
Ses rayons *plus faibles* dorment sur le gazon,
Et le voile des nuits sur les monts *s'étend :*
C'est l'heure où la nature, un moment recueillie,
Entre la nuit qui *commence* et le jour qui s'enfuit,
S'élève au Créateur du jour et de la nuit,
Et semble *présenter* à Dieu, dans son brillant langage,
De la création l'*éclatant* hommage.
Voilà le sacrifice immense, universel !
L'univers est le temple, et la terre est l'autel.

CORRIGÉ.

Le roi brillant du jour, se couchant dans sa gloire,
Descend avec lenteur de son char de victoire.
Le nuage éclatant qui le cache à nos yeux,
Conserve en longs sillons sa trace dans les cieux,
Et d'un reflet de pourpre inonde l'étendue.
Comme une lampe d'or dans l'azur suspendue,
La lune se balance aux bords de l'horizon;
Ses rayons affaiblis dorment sur le gazon,
Et le voile des nuits sur les monts se déplie :
C'est l'heure où la nature, un moment recueillie,
Entre la nuit qui tombe et le jour qui s'enfuit,
S'élève au Créateur du jour et de la nuit,
Et semble offrir à Dieu, dans son brillant langage,
De la création le magnifique hommage.
Voilà le sacrifice immense, universel!
L'univers est le temple, et la terre est l'autel.

LAMARTINE.

IX.

LA JEUNE FILLE.

Stances composées, chacune, de quatre vers de douze syllabes, à rimes croisées; la première rime est féminine.

Vous qui *ne comprenez pas* combien l'enfance est belle,
Enfant! *ne soyez point envieuse de* notre âge de *souffrances,*
Où le cœur *alternativement* est rebelle ou esclave,
Où souvent le rire est plus triste que vos *larmes.*

Oh! *ne vous empressez point* de mûrir vos pensées;
Jouissez du matin, jouissez *de la belle saison;*
Vos *jours* sont des fleurs enlacées l'une à l'autre;
N'en arrachez pas les pétales plus promptement que le temps.

Riez *cependant!* ignorez la puissance du sort;
Riez! *n'assombrissez pas vos traits* gracieux,
Votre œil *bleu,* miroir de *candeur* et de paix,
Où votre âme se révèle, où les cieux se réfléchissent!

CORRIGÉ.

Vous qui ne savez pas combien l'enfance est belle,
Enfant! n'enviez point notre âge de douleurs,
Où le cœur tour à tour est esclave ou rebelle,
Où le rire est souvent plus triste que vos pleurs.

Oh! ne vous hâtez point de mûrir vos pensées;
Jouissez du matin, jouissez du printemps;
Vos heures sont des fleurs l'une à l'autre enlacées;
Ne les effeuillez pas plus vite que le temps.

Riez pourtant! du sort ignorez la puissance;
Riez! n'attristez pas votre front gracieux,
Votre œil d'azur, miroir de paix et d'innocence,
Qui révèle votre âme et réfléchit les cieux!

VICTOR HUGO.

X.

L'ENFANCE.

Vers de douze syllabes, à rimes suivies; les deux premiers sont féminins.

Sans soin *du jour suivant,* sans regret *du jour précédent,*
L'enfant joue et s'endort, pour jouer s'*éveille;*
Trop faible *encore,* son cœur ne saurait soutenir
Le passé, le présent, et l'immense avenir.
A peine au présent *seulement* son âme peut suffire,
Le présent seul est tout : un coin est son *royaume,*
Un hochet sa richesse, un point l'immensité,
Le soir son avenir, *vingt-quatre heures* l'éternité.
Mais l'homme tout entier est caché dans l'*enfant :*
Ainsi le *tout petit* gland renferme un chêne immense.

CORRIGÉ.

Sans soin du lendemain, sans regret de la veille,
L'enfant joue et s'endort, pour jouer se réveille;
Trop faible encor, son cœur ne saurait soutenir
Le passé, le présent, et l'immense avenir.
A peine au présent seul son âme peut suffire,
Le présent seul est tout : un coin est son empire,
Un hochet sa richesse, un point l'immensité,
Le soir son avenir, un jour l'éternité.
Mais l'homme tout entier est caché dans l'enfance :
Ainsi le faible gland renferme un chêne immense.

DELILLE.

XI.

L'HUÎTRE ET LES PLAIDEURS.

Vers de douze syllabes, à rimes suivies; les deux premiers sont féminins.

Un jour, dit un *poëte*, n'importe *à quel endroit*,
Deux voyageurs *affamés trouvèrent* une huître;
Tous deux *prétendaient l'avoir*, lorsque, *par là*,
La Justice *vint à passer*, la balance à la main.
Devant elle, à grand bruit, ils expliquent *ce dont il s'agit :*
L'un et l'autre, avec dépens, veulent gagner leur cause.
La Justice, pesant ce droit *en litige*,
Demande l'huître, l'ouvre, et l'avale *sous* leurs yeux;
Et par ce bel arrêt terminant le *différend :*
« Tenez, voilà, dit-elle, à chacun une *coquille;*
Des sottises *des autres* nous vivons au palais;
Messieurs, l'huître était *excellente*. Adieu, vivez en paix. »

CORRIGÉ.

Un jour, dit un auteur, n'importe en quel chapitre,
Deux voyageurs à jeun rencontrèrent une huître;

Tous deux voulaient l'avoir, lorsque, dans leur chemin,
La Justice passa, la balance à la main.
Devant elle, à grand bruit, ils expliquent la chose :
Tous deux, avec dépens, veulent gagner leur cause.
La Justice, pesant ce droit litigieux,
Demande l'huître, l'ouvre, et l'avale à leurs yeux ;
Et par ce bel arrêt terminant la bataille :
« Tenez, voilà, dit-elle, à chacun une écaille ;
Des sottises d'autrui nous vivons au palais ;
Messieurs, l'huître était bonne. Adieu, vivez en paix. »

BOILEAU.

XII.

LE CURÉ DE VILLAGE.

Vers de douze syllabes, à rimes suivies ; les deux premiers sont féminins.

Voyez-vous près d'ici ce *modeste* presbytère ?
Là vit l'homme de Dieu, *de qui* le saint ministère
D'un peuple *assemblé* présente au ciel les vœux,
Ouvre sur le *village* tous les trésors des cieux,
Soulage *l'infortune*, consacre le *mariage*,
Bénit et les *blés* et les fruits de l'année,
Enseigne la vertu, *prend* l'homme au berceau,
Le conduit à la vie et l'*accompagne* au tombeau.
Par ses conseils *pleins de sagesse*, sa bonté, sa prudence,
Il est pour le *hameau* une *seconde* Providence.
Quelle obscure *pauvreté* échappe à ses bienfaits ?
Dieu seul *sait* les heureux qu'il a faits.
Il prévient le besoin, qui souvent *conduit* au crime ;
Aussi le pauvre le *chérit* et le riche l'estime,
Et souvent deux voisins, l'un de l'autre ennemis,
S'embrassent à sa table et *s'en vont* amis.

CORRIGÉ.

Voyez-vous près d'ici cet humble presbytère?
Là vit l'homme de Dieu, dont le saint ministère
D'un peuple réuni présente au ciel les vœux,
Ouvre sur le hameau tous les trésors des cieux,
Soulage le malheur, consacre l'hyménée,
Bénit et les moissons et les fruits de l'année,
Enseigne la vertu, reçoit l'homme au berceau,
Le conduit à la vie et le suit au tombeau.
Par ses sages conseils, sa bonté, sa prudence,
Il est pour le village une autre Providence.
Quelle obscure indigence échappe à ses bienfaits?
Dieu seul n'ignore pas les heureux qu'il a faits.
Il prévient le besoin, qui souvent pousse au crime;
Aussi le pauvre l'aime et le riche l'estime,
Et souvent deux voisins, l'un de l'autre ennemis,
S'embrassent à sa table et se quittent amis.

DELILLE.

XIII.

LA MORT DU CHRÉTIEN.

Vers de douze syllabes, à rimes suivies ; les deux premiers sont féminins.

Approchez, un chrétien *est arrivé* à sa dernière heure;
L'encens, chéri du *Seigneur*, parfume sa demeure.
Envoyé près de lui par *Dieu*,
L'ange *de la mort* n'a rien de menaçant.
Ce fantôme voilé de ses deux blanches ailes,
Se montre en agitant des *lauriers éternels*.
Le juste le *voit*, sourit *doucement*;
Résigné, d'une épouse il *apaise* la douleur,
Invite à la vertu sa famille *émue*,
Vante la *tranquillité* du ciel, sa prochaine patrie.

Ainsi que les fleurs, son âme, ouverte au doux espoir,
Donne plus de parfums *quand le soir approche.*
Le sommeil des tombeaux descend sur *ses yeux,*
Il *expire : dirigez* son vol au séjour de lumière,
Anges du Seigneur : qu'il y règne avec vous,
Mais que son souvenir habite *au milieu de* nous.

CORRIGÉ.

Approchez, un chrétien touche à sa dernière heure;
L'encens, chéri du Ciel, parfume sa demeure.
Envoyé près de lui par l'Être tout-puissant,
L'ange du dernier jour n'a rien de menaçant.
Ce fantôme, voilé de ses deux blanches ailes,
Se montre en agitant des palmes immortelles.
Le juste l'aperçoit, sourit avec douceur;
Résigné, d'une épouse il calme la douleur,
Invite à la vertu sa famille attendrie,
Vante la paix du ciel, sa prochaine patrie.
Comme les fleurs, son âme, ouverte au doux espoir,
Donne plus de parfums aux approches du soir.
Le sommeil des tombeaux descend sur sa paupière,
Il meurt : guidez son vol au séjour de lumière,
Séraphins du Seigneur : qu'il y règne avec vous,
Mais que son souvenir habite parmi nous.

ALEX. SOUMET.

EXERCICES DE 3me DEGRÉ.

Jusqu'ici nos exercices de versification n'ont pas offert de bien grandes difficultés, et avec un peu d'attention tous les élèves ont pu parvenir à composer les vers tels, à peu de chose près, que nous les avons donnés dans le corrigé. Maintenant qu'ils sont initiés à tous les secrets de l'art matériel; maintenant qu'ils connaissent parfaitement toutes les espèces de vers, que la rime, la mesure, la césure, l'hémistiche, sont pour eux des notions parfaitement claires, nous allons leur donner des devoirs d'une espèce toute nouvelle. Ce ne sont plus des transpositions, des substitutions ou des additions de mots seulement qu'ils auront à faire; nous leur indiquerons l'idée, et c'est à eux que sera laissé le soin de donner à cette idée la forme poétique. Cela est difficile sans doute, et tous ne parviendront pas à découvrir la meilleure: ils feront mal d'abord, mieux ensuite, et tout à fait bien un peu plus tard. Ce que nous donnons comme corrigé n'est plus dès lors qu'un modèle qui devra être mis sous leurs yeux pour qu'ils le comparent eux-mêmes à leur propre travail, et pour que cette comparaison leur en fasse sentir les imperfections.

I

L'AIGLE ET LE SOLEIL

Vers de douze syllabes, à rimes suivies; les deux premiers sont masculins. Un vers par ligne.

Ne dites jamais, enfants, comme l'ont dit tant d'autres :
« Je suis trop petit pour que Dieu me connaisse;
Je suis comme perdu dans sa création;
Son œil voit trop d'univers pour qu'il me voie. »
L'Aigle dit un jour au Soleil :
« Pourquoi luire plus bas que ce sommet?
Pourquoi éclairer ces prairies, ces gorges sombres,
Pourquoi salir ta lumière dans ces ombres?
La mousse est si petite qu'elle est indigne de toi!
— Oiseau, monte avec moi, dit le Soleil! »
L'Aigle s'élevant dans les airs avec le rayon,
Vit la montagne s'abaisser et fondre à sa vue,

Et quand il fut parvenu à son nouvel horizon,
Tout lui parut de niveau.
« Eh bien, dit le Soleil, tu vois, fier monarque des airs,
Si la montagne est pour moi plus haute que la mousse?
A mes yeux de géant rien n'est grand ni petit :
La goutte d'eau me peint comme l'océan.
Je suis l'astre et la vie de tout ce qui me voit.
La mousse me glorifie aussi bien que le cèdre altier;
J'y chauffe la fourmi, j'y bois les pleurs de la nuit;
Mes rayons s'y parfument en se promenant sur les fleurs! »
Ainsi Dieu, qui seul est sa mesure,
Voit toute sa nature d'un œil égal pour tous!
Enfants, bénissez, si votre cœur comprend,
Cet œil qui voit l'insecte même et pour qui tout est grand.

CORRIGÉ

Ne dites pas, enfants, comme d'autres ont dit :
« Dieu ne me connaît pas, car je suis trop petit;
Dans sa création ma faiblesse se noie;
Il voit trop d'univers pour que son œil me voie. »
L'Aigle de la montagne un jour dit au Soleil :
« Pourquoi luire plus bas que ce sommet vermeil?
A quoi sert d'éclairer ces prés, ces gorges sombres,
De salir tes rayons sur l'herbe, dans ces ombres?
La mousse imperceptible est indigne de toi!
— Oiseau, dit le Soleil, viens et monte avec moi! »
L'Aigle avec le rayon s'élevant dans la nue,
Vit la montagne fondre et baisser à sa vue,
Et quand il eut atteint son horizon nouveau,
A son œil confondu tout parut de niveau.
« Eh bien! dit le Soleil, tu vois, oiseau superbe,
Si, pour moi, la montagne est plus haute que l'herbe?
Rien n'est grand ni petit devant mes yeux géants :

La goutte d'eau me peint comme les océans.
De tout ce qui me voit je suis l'astre et la vie.
Comme le cèdre altier l'herbe me glorifie ;
J'y chauffe la fourmi ; des nuits j'y bois les pleurs ;
Mon rayon s'y parfume en traînant sur les fleurs ! »
Et c'est ainsi que Dieu, qui seul est sa mesure,
D'un œil pour tous égal voit toute sa nature !...
Chers enfants, bénissez, si votre cœur comprend,
Cet œil qui voit l'insecte et pour qui tout est grand !

LAMARTINE.

II

LE CONVOI DE LA PAUVRE FILLE

Vers de douze syllabes, à rimes suivies ; les deux premiers sont féminins. Un vers par ligne.

Quand Louise mourut à l'âge de quinze ans,
Fleur des bois moissonnée par le vent et la pluie,
Un cortége nombreux n'accompagna point sa dépouille mortelle ;
Un seul prêtre conduisait, en priant, le modeste cercueil ;
Puis venait un enfant qui, de distance en distance,
Répondait à voix basse aux oraisons saintes ;
Car Louise était pauvre, et jusqu'en leur trépas
Les riches ont des honneurs que les pauvres ne connaissent pas.
Une croix de buis, un vieux drap
Furent les seuls apprêts de son dernier lit ;
Et quand le fossoyeur, soulevant son corps froid,
Du lieu natal l'emporta au cimetière,
A peine si la cloche avertit le village
Que la plus douce de ses vierges en était retirée.
Louise mourut ainsi. Par les taillis couverts,
Les vallons, les genêts et les blés,
Le convoi descendit le matin :
Avec toute sa pompe avril venait de naître,
Et couvrait d'une pluie de fleurs

Le cercueil de la jeune fille;
L'aubépine se parait de sa belle fleur.
Un bourgeon étoilé tremblait à chaque rameau,
Ce n'étaient que parfums, que concerts,
Tous les petits oiseaux chantaient sur le bord de leurs nids.

CORRIGÉ

Quand Louise mourut à sa quinzième année,
Par la pluie et le vent fleur des bois moissonnée,
Un cortége nombreux ne suivit pas son deuil;
Un seul prêtre, en priant, conduisait le cercueil;
Puis venait un enfant qui, d'espace en espace,
Aux saintes oraisons répondait à voix basse;
Car Louise était pauvre, et jusqu'en son trépas,
Le riche a des honneurs que le pauvre n'a pas.
La simple croix de buis, un vieux drap mortuaire
Furent les seuls apprêts de son lit funéraire;
Et quand le fossoyeur, soulevant son beau corps,
Du village natal l'emporta chez les morts,
A peine si la cloche avertit la contrée
Que sa plus douce vierge en était retirée.
Elle mourut ainsi. Par les taillis couverts,
Les vallons embaumés, les genêts, les blés verts,
Le convoi descendit au lever de l'aurore :
Avec toute sa pompe avril venait d'éclore,
Et couvrait, en passant, d'une neige de fleurs,
Ce cercueil virginal et le baignait de pleurs;
L'aubépine avait pris sa robe rose et blanche,
Un bourgeon étoilé tremblait à chaque branche;
Ce n'étaient que parfums et concerts infinis,
Tous les oiseaux chantaient sur le bord de leurs nids.

E. Brizeux.

III

LA CLOCHE

Vers de douze syllabes, à rimes suivies ; les deux premiers sont féminins.
Un vers par ligne.

Que les chœurs de danse s'approchent joyeusement ;
Accourez tous, et baptisons la cloche...
Cherchons-lui un nom propice et gracieux.
Qu'en s'approchant du ciel elle veille sur nous.
Balancée au-dessus des hameaux,
Que sa joie ou sa plainte accompagne
Toutes les scènes de la vie ;
Qu'elle soit, au sein des airs, comme une voix du Temps ;
Que, mesuré dans sa haute demeure, le Temps
De son aile, heure par heure, la touche en fuyant ;
Apportant le remords au crime,
Qu'elle enseigne aux hommes qu'ils sont mortels,
Et qu'ici-bas tout passe, tout s'évanouit
Comme sa voix qui résonne et meurt dans l'espace.

CORRIGÉ

Que le chœur de la danse à pas joyeux s'approche ;
Venez tous, et donnons le baptême à la cloche...
Cherchons-lui quelque nom propice et gracieux.
Qu'elle veille sur nous en approchant des cieux.
Balancée au-dessus de la vaste campagne,
Que sa bruyante joie ou sa plainte accompagne
Les scènes de la vie en leurs jeux inconstants ;
Qu'elle soit dans les airs comme une voix du Temps ;
Que le temps mesuré dans sa haute demeure,
De son aile, en fuyant, la touche heure par heure ;
Aux voluptés du crime apportant le remord,
Qu'elle enseigne aux humains qu'ils sont nés pour la mort,

Et que tout ici-bas s'évanouit et passe
Comme sa voix qui roule et s'éteint dans l'espace !

ÉMILE DESCHAMPS.

IV

LE PREMIER VOL DE L'OISEAU

Vers de douze syllabes, à rimes suivies; les deux premiers sont masculins. Un vers par ligne.

Voyez avec quel zèle
Ses parents forment le jeune oiseau à voler.
C'est le soir, lorsque dans la nature
Tout est en repos ;
L'adolescent
S'agite dans son nid, devenu pour lui une prison ;
Il sort, et, balancé sur la branche,
Il essaye son aile.
Ses parents, en voltigeant, l'engagent à prendre son essor.
L'appellent et volent un peu plus loin ;
Enfin il se hasarde, il s'élance
Et touche le gazon ;
Ses parents ravis recommencent la leçon.
D'une aile moins novice, le jeune élève
S'élève et s'abat de nouveau ;
Enfin, sûr de sa force,
Il part ; tous se font leurs adieux.

CORRIGÉ

Voyez avec quel soin et quel zèle nouveau,
Ses parents à voler forment le jeune oiseau.
C'est aux heures du soir, lorsque dans la nature
Tout est repos, fraîcheur, et parfums et verdure ;
L'adolescent, ravi de ce bel horizon,
S'agite dans son nid devenu sa prison ;

Il sort, et, balancé sur la branche pliante,
Il hésite, il essaye une aile encor tremblante :
Le couple, en voltigeant, provoque son essor,
Gourmande sa frayeur, l'appelle et vole encor ;
Enfin il se hasarde, et, déployant ses ailes,
Non sans crainte, il se fie à ses plumes nouvelles.
L'air reçoit ce doux poids ; il touche le gazon ;
Ses parents enchantés répètent la leçon.
D'une aile moins novice alors le jeune élève
S'enhardit, prend l'essor, s'abat et se relève ;
Enfin, sûr de sa force et plus audacieux,
Il part ; tout est fini, tous se font leurs adieux.

DELILLE.

V

DERNIERS MOMENTS DE CHRISTINE DE SUÈDE

Vers de douze syllabes, à rimes suivies ; les deux premiers sont masculins. Un vers par ligne.

Une heure encore !... et tout sera fini !
Vienne donc ce moment... Je quitterai
Ce monde où j'ai vu successivement naître pour moi
Tous ces plaisirs éphémères que l'homme peut connaître !
Honneurs, pouvoir, science ; et sans aucun regret,
Moi qui les ai épuisés, je pourrai les quitter ;
Car, au fond de chaque plaisir, j'ai toujours trouvé
Quelque chose d'amer qui renvoie vers le ciel...
Pour guider tout un peuple
Dieu m'avait donné un flambeau.
J'ai vu que ce flambeau
Brûle toujours la main qui le porte ;
Et voyant mes espérances déçues,
Je l'ai éteint.
Me livrant alors à l'étude des sciences,

J'ai voulu me mêler aux soi-disant sages ;
Lever un coin du voile où mon œil
Croyait surprendre les secrets du Créateur.
J'ai vu que, dans cette nuit où l'esprit des mortels se plonge,
Tout était vanité, mensonge !
Que Dieu seul était debout sur l'Éternité,
Et qu'on doit douter de tout... excepté de lui.

CORRIGÉ

Une heure !... une heure encore, et tout s'achèvera !
Vienne donc le moment... Mon âme quittera
Ce monde où devant moi tour à tour j'ai vu naître
Tous ces plaisirs d'un jour que l'homme peut connaître !
Honneurs, pouvoir, science ; et, sans les regretter,
Moi qui les épuisai, je pourrai les quitter ;
Car j'ai trouvé toujours, au fond de chaque joie,
Quelque chose d'amer qui vers le ciel renvoie...
Pour guider tout un peuple en ces rudes chemins,
Le Seigneur avait mis un flambeau dans mes mains.
Je vis que ce flambeau, de sa flamme trop forte,
Brûle toujours la main de l'élu qui le porte ;
Et j'approchai bientôt, voyant mes vœux déçus,
Le flambeau de ma bouche, et je soufflai dessus.
De la science alors poursuivant le mystère,
Je voulus me mêler aux sages de la terre !
Lever un coin du voile, où mes yeux indiscrets
Croyaient du Créateur surprendre les secrets.
Je vis que dans la nuit où notre esprit se plonge
Tout était vanité, déception, mensonge !
Que sur l'Éternité Dieu seul était debout,
Et qu'excepté de lui... l'on doit douter de tout.

ALEX. DUMAS. — *Christine.*

VI

LES CINQ ACTES DE LA VIE

Stances composées chacune de quatre vers de douze syllabes, à rimes croisées. — Un vers par ligne.

Que le drame de la vie est peu de chose !
A celui du théâtre il peut être comparé :
On ne s'y repose jamais jusqu'au dénoûment ;
Pauvre ou riche, chacun doit y figurer.

Au premier acte on naît ; on s'avance péniblement
Au travers d'écueils sans nombre vers un but inconnu.
Au second, on s'éclaire, on a un pressentiment de l'existence ;
On éprouve déjà de vagues désirs.

Au troisième, emporté par une ivresse aveugle,
Par le monde, les passions, les plaisirs,
On ose, on affronte tout, on s'égare à chaque instant,
On se prépare souvent des repentirs éternels.

Au quatrième, fatigué de vaines jouissances,
Le cœur éprouve d'autres besoins, d'autres passions ;
L'orgueil et l'ambition, avec leur cortége de maux,
Viennent tout remplacer... Pendant ce temps on vieillit.

Au cinquième, le corps et l'esprit s'affaissent,
Chaque jour, chaque heure brise un lien ;
On pense, on parle encore... mais le rideau tombe,
Le spectacle est fini, et l'homme n'est plus rien.

CORRIGÉ

Le drame de la vie est, hélas ! peu de chose ;
Au drame de la scène on peut le comparer :
Jusques au dénoûment jamais on n'y repose ;
Bien ou mal, pauvre ou riche, on doit y figurer.

Au premier acte on naît ; avec peine on s'avance,
A travers mille écueils, vers un but ignoré.
Au second, on s'éclaire, on pressent l'existence ;
A de vagues désirs on est déjà livré.

Au troisième, emporté par une aveugle ivresse,
Par le monde, l'amour, les renaissants plaisirs,
On ose, on brave tout, on s'égare sans cesse,
On s'apprête souvent d'éternels repentirs.

Au quatrième, las de vaines jouissances,
Le cœur d'autres besoins, d'autres feux se remplit :
L'orgueil, l'ambition, leurs transports, leurs souffrances,
Viennent tout remplacer... Cependant on vieillit.

Au cinquième arrivé, le corps, l'esprit s'affaisse,
Chaque jour, chaque instant voit briser un lien ;
On pense, on parle encor... mais la toile se baisse,
Le spectacle finit, et l'homme n'est plus rien.

La princesse DE SALM.

VII.

PELLISSON DANS LES FERS.

Vers de douze syllabes, à rimes suivies; les deux premiers sont masculins. Un vers par ligne.

Le malheur n'est pas difficile en amis :
Pellisson dans les fers l'a éprouvé.
Un insecte, dont les doigts agiles
Tapissaient de leurs toiles les murs de son cachot,
Frappe ses regards : aussitôt, que ne peut le malheur !
Voilà son compagnon, son ami !
Il l'aime, il se plaît à le voir déployer ses réseaux,
Il lui cherche des mouches et va les lui porter.

L'insecte connaît la voix de Pellisson, et jusque dans sa main
Vient familièrement chercher sa proie.
Nos deux prisonniers rendaient leur sort plus doux,
Lorsqu'un affreux geôlier accourt,
Et, indigné du plaisir que goûte un malheureux,
Foule aux pieds son amie et l'écrase.

CORRIGÉ.

L'infortune n'est pas difficile en amis :
Pellisson l'éprouva. Dans ces lieux ennemis,
Un insecte aux longs bras, de qui les doigts agiles
Tapissaient ces vieux murs de leurs toiles fragiles,
Frappe ses yeux : soudain, que ne peut le malheur !
Voilà son compagnon et son consolateur !
Il l'aime, il suit de l'œil les réseaux qu'il déploie,
Lui-même il va chercher, va lui porter sa proie.
Il l'appelle, il accourt, et jusque dans sa main
L'animal familier vient chercher son festin.
Nos deux reclus ainsi rendaient leur sort moins triste,
Lorsqu'un affreux geôlier accourt à l'improviste,
Et, jaloux du plaisir que goûte un malheureux,
Foule aux pieds son amie et l'écrase à ses yeux !...

DELILLE.

VIII.

ÉLOGE DE LA FRANCE.

Vers de douze syllabes, à rimes suivies; les deux premiers vers doivent être masculins. Un vers par ligne.

Ni les plaines d'Asie, ni les monts du Pérou
N'égalent, ô France, tes fertiles climats.
Tu surpasses l'Égypte, où trois fois par an
La terre se couvre d'une abondante moisson ;
Et Rome, victorieuse des rois,
Aurait, dans ses jours glorieux, envié tes exploits.

Jamais une bergère, assise sur les bords de la Seine,
Ne craignit d'être surprise par l'affreux crocodile;
Jamais dans tes forêts un chasseur
Ne recula de frayeur à la vue d'un serpent,
Qui, couché sur la bruyère,
Ouvre, en se dressant, une gueule meurtrière;
De nombreux troupeaux bondissent dans tes vallons,
Tes coteaux sont festonnés d'un pampre renommé,
L'huile coule dans les champs que la Durance arrose,
Cérès te comble de ses dons,
Mars attelle tes coursiers à son char,
Et la mer tremble au loin sous tes navires de guerre.

CORRIGÉ.

Les plaines de l'Asie et les monts des Incas,
France, n'égalent point tes fertiles climats.
Tu surpasses l'Égypte, où trois fois chaque année,
D'une riche moisson la terre est couronnée;
Et la ville de Mars, triomphante des rois,
Eût, dans ses jours de gloire, envié tes exploits.
Jamais, près de la Seine, une bergère assise,
Du crocodile affreux ne craignit la surprise;
Jamais dans tes forêts un chasseur imprudent
Ne recula tout pâle à l'aspect d'un serpent,
Qui, comme un long palmier, couché sur la bruyère,
Ouvre, en se redressant, sa gueule meurtrière;
Tes vallons sont couverts de superbes troupeaux;
Des pampres renommés festonnent tes coteaux,
L'huile coule à flots d'or aux bords de la Durance,
Cérès de tes greniers entretient l'abondance,
Mars attelle à son char tes coursiers frémissants,
Et la mer tremble au loin sous tes mâts foudroyants.

CASTEL. — *Les Plantes.*

IX.

LE VOYAGEUR ÉGARÉ DANS LES NEIGES DU MONT SAINT-BERNARD.

Stances de quatre vers. La mesure des vers et la disposition des rimes sont laissées au choix de l'élève.

Le voyageur des Alpes n'est qu'au milieu de sa course, et déjà la nuit approche, déjà la neige tombe; seul, tremblant, égaré, il fait quelques pas et se perd sans retour. C'en est fait, la nuit est venue : arrêté au bord d'un précipice, il n'ose ni avancer ni retourner en arrière. Bientôt le froid le pénètre, ses membres s'engourdissent, un funeste sommeil cherche ses yeux; ses dernières pensées sont pour ses enfants et son épouse! Mais n'est-ce pas le son d'une cloche qui frappe son oreille à travers le murmure de la tempête, ou bien est-ce le glas de la mort que son imagination effrayée croit ouïr au milieu des vents? Non, ce sont des bruits réels. Un autre bruit se fait entendre; un chien jappe sur les neiges; il approche, il arrive, il hurle de joie : un solitaire le suit, le voyageur est sauvé. CHATEAUBRIAND.

CORRIGÉ.

La neige au loin accumulée
A torrents épaissis tombe du haut des airs,
Et sans relâche amoncelée
Couvre du Saint-Bernard les vieux sommets déserts.

Plus de route, tout est barrière.
L'ombre accourt, et déjà, pour la dernière fois,
Sur la cime inhospitalière,
Dans les vents de la nuit l'aigle a jeté sa voix.

A ce cri d'effroyable augure,
Le voyageur transi n'ose plus faire un pas,
Mourant et vaincu de froidure,
Au bord d'un précipice il attend le trépas.

Là, dans sa dernière pensée,
Il songe à son épouse, il songe à ses enfants :
Sur sa couche affreuse et glacée,
Cette image a doublé l'horreur de ses tourments.

C'en est fait, son heure dernière
Se mesure pour lui dans ces terribles lieux,
Et chargeant sa froide paupière,
Un funeste sommeil déjà cherche ses yeux.

Soudain, ô surprise, ô merveille!
D'une cloche il a cru reconnaître le bruit;
Le bruit augmente à son oreille;
Une clarté subite a brillé dans la nuit.

Tandis qu'avec peine il écoute,
A travers la tempête un autre bruit s'entend :
Un chien jappe, et s'ouvrant la route,
Suivi d'un solitaire, approche au même instant.

Le chien, en aboyant de joïe,
Frappe du voyageur les regards éperdus :
La mort laisse échapper sa proie,
Et la Charité compte un miracle de plus.

CHÊNEDOLLÉ.

X.

LA CROIX.

Quatre stances, a rimes croisées ou mêlées, à volonté.

I.

Si j'apercevais, dans ma jeunesse, une croix sur le haut d'une colline ou sur le bord du sentier par lequel je devais passer, je détournais mes regards. Pourquoi, disais-je, attrister par la vue d'un instrument de supplice ces lieux que le Créateur a rendus si beaux?...

II.

Le signe de la rédemption produisit en moi une émotion tout autre, lorsque, dans un port de mer, je vis la croix gigantesque élevée près du phare. Oh! me dis-je, ici, au bord des écueils, en face des tempêtes, que ce signe d'espérance est bien placé! Les matelots luttant contre les flots l'aperçoivent de loin et l'invoquent, tandis que leurs femmes l'entourent, en faisant retentir la grève de cris et de prières.

III.

Quand je revis mes campagnes charmantes, un souvenir des tempêtes s'offrit à ma pensée. Ces lieux sont riants, me dis-je; mais ceux qui les habitent n'ont-ils jamais de douleurs à supporter ou à craindre? Quel séjour terrestre est exempt d'orages?...

IV.

Croix du Rédempteur, bénie soit la main qui t'élève partout où peut passer un affligé.

DROZ, *de l'Académie.*

CORRIGÉ.

Jadis, quand je voyais une croix au passage,
Dans un bois, sur la route, au bord d'un frais enclos,
Je me disais : Pourquoi d'un riant paysage
Par un signe de mort attrister le tableau?...

Plus tard je vis la mer. La croix sur le rivage
M'apparut : je compris alors, au bord des flots,
Debout sur les rochers que l'Océan ravage,
La croix parlant d'espoir au cœur des matelots.

Je revins aux vallons que j'aimais, et je rêve
Que la plus belle fleur souvent cache un cercueil,
Et que l'orage gronde ailleurs que sur la grève.

Dans le sentier champêtre, ou sur le noir écueil,
O croix du Rédempteur, béni soit qui t'élève
Partout où peut venir prier une âme en deuil!

P. BLANCHEMAIN.

XI.

LE CHEVAL DE BATAILLE.

Stances de quatre vers à rimes croisées ; les trois premiers vers auront douze syllabes, mais le quatrième n'en aura que six.

Voyez ce fier coursier : son cou est hérissé d'une crinière mouvante, il bondit comme la sauterelle, son souffle répand la terreur. Il creuse du pied la terre, il s'élance avec orgueil; il court au-devant des armes. Il se rit de la peur, il affronte le glaive. Sur lui le bruit du carquois retentit, la flamme du javelot et de la lance étincelle. Il bouillonne, il frémit, il dévore la terre. A-t-il entendu la trompette, il dit : Allons! et de loin il respire le combat, la voix tonnante des chefs et le fracas des armes.

JOB.

CORRIGÉ.

Vois ce coursier : son pied frappe et creuse la terre;
Son regard lance au loin la flamme et la fureur;
Son fier hennissement, émule du tonnerre,
Inspire la terreur.

Sur son robuste cou, sa mouvante crinière
Et s'agite, et bondit, et retombe à longs flots;
Il vole avec orgueil, et sa fougue guerrière
S'indigne du repos.

Son belliqueux essor court au-devant des armes;
Il se rit de la peur; et, d'audace brûlant,
Il défie, intrépide au plus fort des alarmes,
La glaive étincelant.

En vain le javelot, et l'épée et la lance
Sur lui font rayonner leurs clartés et leurs feux :
Son œil s'allume encore à l'éclair qui s'élance
De l'acier lumineux.

Il écume, il frémit, il dévore la terre :
Si la trompette sonne, à ses bruyants éclats,
Il dit : « Allons! » De loin, il respire la guerre
Et l'odeur des combats.

CHÊNEDOLLÉ.

XII.

LES TROIS ROSES.

I.

Par une fraîche matinée de juin, trois roses s'étaient éveillées sous les premiers rayons de l'aurore. L'aînée brillait de toute sa beauté, la seconde venait de s'entr'ouvrir, et la troisième allait sortir de son calice, comme la chrysalide sort de sa coque.

Ces trois roses habitaient la même charmille, se balançaient sur la même branche, et l'une sur l'autre penchées, elles devisaient ainsi :

« — Ma sœur, dit l'aînée, nous voilà déjà grandes; il est temps de nous choisir une destinée, et le jour ne doit pas finir sans que nous ayons chacune notre place dans le monde. Pour moi, ajouta-t-elle, je serais bien heureuse de quitter notre charmille pour aller briller au bal et répandre mon parfum dans les cheveux d'une belle fille de seize ans.

CORRIGÉ.

Par un beau jour de juin, aux rayons de l'aurore,
Trois roses s'éveillaient sur un buisson du bois.
L'une était en sa fleur, l'autre venait d'éclore,
Et la troisième était encore
Captive en son bouton pour la dernière fois...
Ces trois roses brillaient sur la même charmille,
Se balançaient gaîment sur le même rameau,
Et, joyeux rejetons de la même famille,
Causaient en se mirant dans l'onde d'un ruisseau.
« — Nous vivons peu de jours, mes sœurs, disait l'aînée;
L'espace d'un printemps nous voit naître et mourir;
Il est temps de penser à notre destinée;
Voyons!... Que feriez-vous, si vous pouviez choisir?
Pour moi, je me croirais parfaitement heureuse
Si, loin de ce buisson, je partais de céans
Pour aller dans un bal, en toilette pompeuse,
Briller d'un noble éclat aux cheveux odorants
D'une belle de dix-sept ans!...

II.

» — La Vierge et les anges me préservent d'un pareil sort! dit la cadette. Ainsi que vous, ma sœur, je serais bien heureuse de quitter notre charmille, mais ce serait pour aller au milieu d'un temple, et, renfermée dans un vase sacré, ne répandre mon parfum que pour Dieu seul.

» — Vous voulez donc m'abandonner, dit la plus jeune, en versant une larme pareille à une goutte de rosée; car je dois rester dans notre charmille. Je veux vivre et mourir sur la branche à qui je dois le jour. Ah! je serais bien heureuse si je pouvais toujours jouir de la vue du ciel et de la terre, et répandre mon parfum sur tout ce qui m'entoure. »

CORRIGÉ.

» — Oh! puisse le bon Dieu, s'écria la cadette,
Me garder d'un tel sort qui ferait mon malheur!...
Loin de ces tristes lieux, comme vous je regrette
De ne pouvoir partir... Mais croyez bien, ma sœur,
Que ce n'est point le bal que d'ici je contemple.
Oh! non : tout mon bonheur, en partant de céans,
Serait d'aller fleurir pour Dieu seul dans son temple,
Et mêler mon parfum au parfum de l'encens...

» — Hélas! de quel espoir je m'étais abusée!
Repartit la dernière en entendant ses sœurs.
(Et de son sein naissant deux gouttes de rosée
Tombèrent lentement semblables à des pleurs.)
Quoi! vous voulez briser ma si chère espérance,
Moi qui croyais toujours rester auprès de vous?
Car vivre et puis mourir aux lieux de ma naissance,
Tel est mon seul désir, mon projet le plus doux :
Oh! voir toujours ce ciel, ces bois, cette onde pure;
Entendre tous les soirs le chant de ces oiseaux;
Répandre mon parfum dans l'air, dans la nature :
Voilà, mes bonnes sœurs, mes rêves les plus beaux!... »

III.

Trois jeunes filles, trois sœurs, se tenant par la main, descendirent au jardin et accoururent près de la charmille. L'aînée cueillit la première rose et rentra faire sa toilette pour le bal du soir. La cadette, qui devait faire sa première communion le lendemain, cueillit la seconde rose, et alla la déposer sur l'autel de la Vierge. La plus jeune s'arrêta devant la troisième rose, la débarrassa de ses feuilles jaunies, et l'abrita sous une branche en lui disant : « O la plus belle des fleurs, reste l'ornement de notre jardin, réjouis la vue de mon père, charme l'odorat de ma douce mère, et, par reconnaissance, chaque soir et chaque matin, je viendrai t'arroser d'une eau fraîche et limpide. »

CORRIGÉ.

Alors trois autres sœurs (c'étaient trois jeunes filles)
Passèrent près du bois en se donnant la main;
Elles couraient gaîment tout le long des charmilles,
Et près de ce buisson s'arrêtèrent soudain.
L'une d'elles cueillit la rose la plus belle,
Et rentra pour finir sa toilette du soir.
L'autre cherchait des fleurs pour parer sa chapelle,
Et la seconde rose orna son reposoir.
Mais la troisième sœur, contemplant sur la branche
Le modeste bouton resté seul au rosier,
Respecta sa corolle et si rose et si blanche,
Puis reprit du château le verdoyant sentier :
« Demain, se disait-elle, en allant au bocage,
Ma mère avec bonheur reviendra dans ces lieux;
Le parfum du printemps salûra son passage,
Et ces vives couleurs caresseront ses yeux.
Et moi, pour conserver cette rose si chère,
Je viendrai chaque soir l'arroser de ma main,
Et, grâces à mes soins, pauvre fleur éphémère,
Peut-être ajouterai-je à tes jours un matin... »

IV.

Ainsi les trois roses eurent le sort qu'elles avaient désiré. L'une brilla quelques heures sous les lustres d'un bal... le lendemain, elle était fanée. L'autre brilla plus longtemps dans le vase sacré, mais la terre et le soleil lui manquaient... elle se flétrit. Seule, la rose du jardin vécut la vie d'une rose; puis quand ses pétales tombèrent, au fond de son calice il se forma des graines qui se répandirent sur la terre, et devinrent des roses à leur tour. (*Traduit de l'allemand.*)

CORRIGÉ.

Ainsi donc les trois fleurs eurent la destinée
Qu'elles avaient rêvée au buisson, leur berceau :
Au bal l'une brilla.. puis fut bientôt fanée;
L'autre au pied des autels se flétrit, faute d'eau.
Fidèle à son buisson, la rose à peine éclose,
S'enivrant du grand air et de l'onde du ciel,
Vécut sans trouble aucun ce que vit une rose,
Au vent livrant sa feuille, à l'abeille son miel;
Puis, quand sur le gazon tombèrent ses pétales,
Ses graines dans les bois, sur l'aile du zéphir,
Allèrent refleurir aux charmilles natales,
Vivant comme leur mère, afin de mieux mourir.

GALOPPE D'ONQUAIRE.

XIII.

SUJET.

A ma sœur sur la mort de sa fille.

DÉVELOPPEMENT.

NE PLEURE PLUS.

Sois confiante en Dieu, car la vie est amère :
Dieu, condamnant aux pleurs ta jeune âme de mère,
N'a pas voulu punir.
Il est clément et doux à celui qui l'implore,
Et s'il n'a pas permis à la rose d'éclore,
C'est qu'il sait l'avenir.

Sous un ciel brûlant qui dessèche et qui fane,
Peut-être le destin, de son baiser profane,

La menaçait de loin ;
Mais Dieu, de son front pur écartant l'anathème,
Pour qu'elle devînt belle, a prétendu lui-même
Et seul en prendre soin.

Pourquoi donc t'affliger et pleurer son absence?
Au ciel, où va mûrir son parfum d'innocence,
Tu la retrouveras ;
La mort, d'une autre vie, est la naissante aurore ;
Ne pleure plus : un jour tu la verras encore
T'ouvrir ses petits bras.

Dépouillant par la mort l'enveloppe de fange,
L'enfant aux divins chœurs s'est mêlée, et, jeune ange,
N'ayant plus rien d'impur,
Une éternelle paix de bonheur l'environne,
Et Dieu lui fit là-haut une belle couronne,
Et deux ailes d'azur.

Elle est heureuse, au moins, et je lui porte envie
De s'envoler ainsi, d'échapper à la vie,
Où le malheur est roi :
Et que dans ton chagrin ce penser te récrée,
Car il est dans les cieux auprès du Dieu qui crée,
L'ange venu de toi.

Près du trône éclatant, d'où la majesté sainte
D'amour et d'harmonie emplit la vaste enceinte,
Mains jointes, à genoux,
Et tournant quelquefois ses regards en arrière,
Cet ange, en murmurant sa fervente prière,
A souvenir de nous ;

De nous, de toi surtout, et c'est pour toi qu'il prie.
Puis il se dit tout bas en cette autre patrie,
Où Dieu l'a transporté,
Qu'après avoir souffert sur terre avec courage,
Sa mère doit un jour être admise au partage
De sa félicité.

Et quand de cette vie, hélas! si tourmentée,
Ta pauvre âme, victime au sort fatal jetée,
Aura bu tout le fiel;
Quand la mort dans ses bras te prendra faible et lasse,
L'ange-enfant descendra pour te montrer la place
Qui t'est gardée au ciel.

Pourquoi donc ces sanglots, cette douleur profonde?
Il aurait, comme toi, souffert dans notre monde;
Mais parmi les élus,
Il chante, il peut voir Dieu dans sa gloire infinie,
Et vivre, c'est avoir une longue agonie :
Ainsi ne pleure plus.

L. BUQUET.

XIV.

SUJET.

Si j'étais petit oiseau!...

DÉVELOPPEMENT.

C'était le plus beau jour de tous les jours d'automne,
Un de ces jours brillants, jours aux mille couleurs,
Où la terre ravie, effeuillant sa couronne,
Nous jette ses fruits et ses fleurs.

La mère travaillait à la fenêtre assise,
Mère au front gracieux, au regard calme, doux;
Et l'enfant apprenait, en silence et soumise,
Une leçon sur ses genoux.

Relevant quelquefois sa tête rose et blanche,
Pour sourire au soleil, au splendide horizon,
Elle écoutait l'oiseau qui sautait sur la branche,
En chantant gaîment sa chanson.

La pauvre mère alors, et bonne et généreuse,
Pour ne pas la gronder, feignant de ne rien voir,

Ou ramenait d'un mot sa chère paresseuse
Au doux sentiment du devoir.

Que sa voix était tendre et pleine d'indulgence!
« Allons, chère Marie, allons, tu n'apprends pas.
Ton livre déchiré trahit ta négligence;
Que vois-tu de si beau là-bas? »

Elle invitait encore la gentille rêveuse
A reprendre courage, à lire de nouveau,
Quand l'enfant s'écria : « Que je suis malheureuse!
Ah! si j'étais petit oiseau!

Ah! si j'étais l'oiseau qui toujours saute et chante,
Qui n'a souci de rien, qu'on voit toujours joyeux;
Si j'étais cet oiseau, que je serais contente,
Et que mon sort serait heureux!

Plus de livre ennuyeux, plus de leçon sévère;
Voltiger tout le jour, courir et s'amuser,
Causer avec les fleurs, caresser la bruyère,
Sur le gazon se reposer;

Toujours nouveau plaisir, toujours nouvelle fête;
Sous les arbres touffus j'arrêterais mon vol,
Et m'en irais souvent appeler la fauvette,
Pour rire avec le rossignol.

Tu dis que c'est là-haut qu'on chante les louanges
Que la terre répète en tout temps, en tout lieu :
J'y volerais aussi pour entendre les anges
Chanter dans le ciel du bon Dieu.

Sans regrets, sans chagrins, toujours libre et ravie,
Chaque jour le soleil me paraîtrait plus beau;
Ainsi s'écouleraient les heures de ma vie :
Ah! si j'étais petit oiseau!

— Sans doute, chère enfant, cette vie a des charmes;
Mais elle compte aussi plus d'un jour douloureux,

L'oiseau n'est pas exempt de craintes et d'alarmes;
Il est souvent bien malheureux.

Quand l'hiver couvre tout de glace et de tristesse,
Lorsque tu dors, enfant, sous de légers rideaux,
On n'entend plus dans l'air que les cris de détresse
Poussés par les petits oiseaux.

Oh! que leur voix alors est touchante et plaintive!
Ils vont mourir de faim, de froid et de douleur,
Car ils n'ont plus de mère, inquiète, attentive,
Pour les réchauffer sur son cœur.

Plus heureux que l'oiseau, dont la vie est amère,
L'enfant reçoit du ciel un regard plein de feu,
Un cœur intelligent pour comprendre sa mère,
Une âme pour adorer Dieu.

Regarde celui-ci qui frôle de son aile
Et la branche de l'arbre, et le gazon fleuri;
Il va nous faire entendre une chanson nouvelle...
Qu'il est mignon, qu'il est joli!

Il paraît bien joyeux, les airs sont sa patrie!
Sans craindre le péril, sans songer à son sort,
Il chante, court, s'envole, et légère est sa vie :
Demain, peut-être, il sera mort. »

La mère encor parlait, quand soudain l'éclair brille;
Bientôt l'air retentit sous le grand peuplier,
Et l'oiseau qui chantait tombe sous la charmille
Frappé par le plomb meurtrier!

On s'élance, on accourt, de terreur palpitantes :
Hélas! il est trop tard! Oh! le cruel chasseur!
L'oiseau fermait déjà ses paupières mourantes :
Que de regrets! que de douleur!

On essaya pourtant de rappeler la vie,
Longtemps on espéra qu'il rouvrirait les yeux :

Tout en le réchauffant, la gentille Marie
    Versa des pleurs bien douloureux !

Elle lui dit tout bas beaucoup, beaucoup de choses
(Car l'enfant sut de Dieu comprendre la leçon) ;
Puis on l'ensevelit dans des feuilles de roses,
    Que l'on cacha sous le gazon.

Elle revint alors désolée et pensive,
Le cœur gros de soupirs, rêvant au pauvre oiseau ;
Et puis, sans dire un mot, sérieuse, attentive,
    Elle étudia de nouveau.

Puis, un moment après, elle dit en prière :
« Seigneur ! Seigneur, mon Dieu ! de ton ciel triomphant,
Oh ! conserve toujours un enfant à sa mère,
    Et garde la mère à l'enfant ! »

Mlle ISABELLE RODIER.

FIN.

TABLE DES MATIÈRES

4

EXERCICES GRADUÉS DE VERSIFICATION FRANÇAISE.

FIN DE LA TABLE.

PARIS. — IMPRIMERIE ÉDOUARD BLOT, RUE SAINT-LOUIS, 46

PARIS. — IMPRIMERIE ÉDOUARD BLOT, RUE SAINT-LOUIS, 46.

www.ingramcontent.com/pod-product-compliance
Ingram Content Group UK Ltd.
Pitfield, Milton Keynes, MK11 3LW, UK
UKHW021202220726
13924UKWH00003B/1267

9 782014 443158